LA GUERRE À L'ITALIENNE

JOSEPH JOFFO

La Guerre à l'italienne

ROMAN

ÉDITIONS DU ROCHER

© Éditions du Rocher, 2002.
ISBN : 2-253-15529-2 – 1re publication – LGF
ISBN : 978-2-253-15529-4 – 1re publication – LGF

Prologue

Il y eut deux coups de klaxon, brefs et impérieux.

Pendant quelques secondes, rien ne se passa.

Le procureur Dewey jeta un coup d'œil, de l'autre côté de la nuque du chauffeur, vers l'énorme porte grise qui barrait l'horizon. Comme si l'horizon ne devait jamais plus être que cette falaise de métal gris terne, où l'on distinguait à peine, à travers les barreaux de la pluie battante, une faille imperceptible, curieusement régulière – la jointure des deux battants.

Dannemora ! La prison que les gangsters redoutaient le plus. La « Sibérie américaine », disaient-ils. « À Sing-Sing, on grille, mais au moins on a chaud... » À Sing-Sing on passait peut-être à la chaise, mais à Dannemora on pourrissait, lentement et sûrement. Et ceux qui y purgeaient leurs peines – jamais inférieures à trente ans – savaient qu'ils n'en sortiraient pas vivants, tant les geôles de Dannemora valaient leur pesant d'arsenic. Un sourire involontaire crispa la lèvre supérieure de Dewey, surmontée de cette fine moustache qui faisait la joie des caricaturistes.

Le sourire s'effaça. Avait-il aujourd'hui de quoi être véritablement satisfait ? Était-ce bien lui, Thomas Dewey, procureur spécial de l'État de New York, en passe d'être maire ou gouverneur, et, qui sait, peut-être un jour Président à la place du trop libéral, du trop démocrate Roosevelt qui s'agitait encore dans sa chaise roulante à la Maison-Blanche – était-ce bien lui qui venait à Dannemora quérir l'appui de la plus infâme crapule, du maquereau le plus brutal, du trafiquant le mieux implanté des dix dernières années ?

Lucky Luciano... Et ce salopard ne se doutait pas encore, en cette heure matinale, de la chance qui était effectivement la sienne !

Luciano, après avoir été condamné à une peine « qui ne pourrait pas être inférieure à trente ans, ni supérieure à cinquante », avait été expédié à Sing-Sing, la gare de triage du système carcéral de l'État de New York. Là, un psychiatre, le docteur Kienholz, l'avait qualifié de « demeuré », et recommandé qu'il suive des cours d'école primaire et apprenne un métier manuel. Direction Dannemora, où le « chanceux » Lucky Luciano, de son vrai nom Salvatore Lucania, alias Mister Ross, matricule n° 92168, avait été affecté au service de la buanderie. Et prié instamment de se repentir de ses péchés.

Ce dont il n'avait eu garde.

Dewey se renfonça dans son siège. Décidément, les gardiens prenaient leur temps pour ouvrir.

Il y eut un grincement parfaitement sinistre, et l'horizon bouché par la porte colossale se scinda en deux.

La voiture repartit, au pas, se coula entre les battants de fer et les murs de béton, et s'arrêta dans la première cour, là où d'ordinaire descendaient les criminels pour être définitivement incarcérés. « Fin du voyage ! » murmura Dewey à part lui.

Le directeur, un petit homme au regard inquiet, se

tenait au garde-à-vous, sous la pluie. Un gardien, à côté de lui, portait un immense parapluie noir malmené par les voltes du vent tourbillonnant.

Dewey descendit, négligea l'abri précaire qu'on lui proposait et, le visage battu par les rafales qui s'engouffraient vicieusement dans cette cour cernée de murs interminables, lança au directeur :

— Inutile de perdre du temps. On y va tout de suite.

Pas de formules de politesse. Pas de fioritures. Plus tôt il en aurait fini...

— Comment se comporte-t-il ? demanda Dewey au directeur, tout en arpentant d'un pas rapide le couloir sans fin qui s'enfonçait vers l'enfer – le cœur du bâtiment, où le jour, même à midi en plein été, n'était qu'une pâle copie d'un crépuscule d'hiver.

— Un prisonnier exemplaire, ne put s'empêcher d'avouer le directeur, qui peinait à suivre le procureur.

— Il a des visites ? interrogea Dewey.

Le directeur hésita. Le proc' était-il au courant ?

— C'est-à-dire..., commença-t-il.

— Eh bien, quoi ?

— Pas officiellement, avoua le directeur. Mais j'ai été soumis à des pressions... Ce type a des amis haut placés...

— Vous me montrerez la liste des visiteurs, trancha le procureur.

— Heu... C'est-à-dire...

— Quoi encore ? aboya Dewey en s'arrêtant brusquement et en toisant, d'un regard inflexible, le malheureux directeur.

Celui-ci se sentit faiblir des genoux.

— On m'a demandé... enfin... prié... de ne pas tenir

de registre... Vous comprenez, les visites sont interdites, à Dannemora... À l'exception de la famille proche...

Dewey sourit intérieurement. La seule « famille » de Luciano, c'était Cosa Nostra, l'association des « familles » mafieuses qui se partageaient l'empire souterrain du vice dans toute l'Amérique. Et dire qu'en enfermant Luciano dans ce cul-de-basse-fosse, il avait cru mettre hors circuit le « boss des boss », le « capo di tutti capi », comme ils disaient dans leur jargon dégénéré...

Ils reprirent leur marche. L'écho pressé de leurs pas était le seul bruit dans l'immense couloir.

Le procureur Dewey n'aurait jamais dû se trouver, ce jour-là, à Dannemora. Il n'aurait jamais dû rencontrer Lucky Luciano. C'était du passé. Luciano était sinon mort, du moins enterré.

Mais le 7 décembre de l'année précédente, les Japonais avaient anéanti la flotte américaine à Pearl Harbor. Du coup, Roosevelt avait bondi sur l'opportunité d'entraîner les États-Unis dans la guerre, aux côtés des Anglais. Dewey s'était laissé raconter, en confidence, que le Président avait délibérément choisi de sacrifier les marins du Pacifique, pour mieux convaincre le Congrès, majoritairement pro-allemand, du danger que constituaient les puissances de l'Axe. Pour Dewey, républicain et conservateur jusqu'au bout des ongles, c'était une politique aventuriste. Mais il n'y avait plus, désormais, à revenir en arrière.

Luciano tombé, ses lieutenants avaient ramassé la mise – ces centaines de bordels qui fonctionnaient encore presque ouvertement, et siphonnaient des millions de dollars par an. L'ambition de Dewey se limitait, normalement, à coincer à leur tour Franck Costello et Albert Anastasia, le tueur en chef de Murder Incorporated, le bras armé de Cosa Nostra... Et, à terme, rêvait Dewey, à s'offrir le si discret Meyer Lansky, à coup sûr le génie organisateur qui dirigeait, en sous-main, toutes ces petites frappes italiennes.

Dewey, WASP des pieds à la tête, n'aimait guère les Juifs, mais il ne pouvait s'empêcher de leur reconnaître des capacités intellectuelles bien supérieures à celles de tous ces sous-hommes du Sud. Qu'auraient été les Joe Masseria, Gaetano Reina, Thomas Lucchese, Joey Aiello, ou même Al Capone, et, a fortiori, Salvatore « Lucky » Lucania, sans Bugsy Siegel, Arnold Rothstein, Dutch Schultz, Dandy Phil Kastel, Meyer Lansky – ou cet Alberto Jackson qui ne s'appelait ni Alberto, ni Jackson [1] ?

D'ailleurs n'était-ce pas à un Juif, Johnny Cohen, son ancien mentor tout au long de ses études de droit, qu'il était redevable de cette excursion matinale à Dannemora, dans le petit printemps frileux de 1942 ?

Et tandis que le directeur de la prison se faisait ouvrir, les unes après les autres, les lourdes grilles qui, à intervalles réguliers, coupaient la perspective des couloirs, Dewey se remémora ce coup de téléphone qui, la semaine dernière, l'avait arraché à ses préoccupations juridiques pour le plonger dans l'univers sans foi ni loi des « intérêts supérieurs de l'État ».

— Un monsieur Cohen, pour vous, annonça dans l'interphone la voix stylée de la secrétaire.

---

1. Voir *Les Aventuriers des nouveaux mondes*.

— Johnny Cohen ? Dewey n'en revenait pas. « Je prends », dit-il.

La voix, à peine déformée par la mauvaise qualité de la liaison, avait gardé les mêmes intonations légèrement sarcastiques.

— Thomas ? Comment vas-tu ?

— Moi, ça va, répliqua Dewey. Mais toi, il paraît que tu es devenu milliardaire ? Et en toute légalité, bien sûr, comme tous les autres. J'espère ne pas avoir à t'expédier au trou pour les trois cents ans à venir.

Johnny Cohen avait, tout au long de ses études, soutenu Dewey, de trois ans son cadet, parce qu'il avait discerné en lui cette intelligence moyenne mais obstinée, cette ambition sans limites, ces opinions bornées qui, en Amérique, favorisent au premier chef la carrière d'un politicien. Il avait littéralement sponsorisé Dewey, l'avait poussé dans sa carrière parce qu'il savait qu'il aurait un jour besoin d'un homme comme lui. Et ce jour était peut-être arrivé. Pas pour son avantage personnel. Mais pour une cause bien plus importante que sa propre sécurité ou la bonne gestion de ses affaires.

— Thomas... Je ne vais pas tourner deux heures autour du pot... Voilà : j'ai l'ambition de faire de toi un héros national.

— Je suis déjà un héros national, plaisanta Dewey sans rire. Tu ne te souviens pas ? J'ai fait enfermer la moitié de la pègre new-yorkaise.

Ce n'était pas faux. Depuis le procès de Waxey Gordon en 1933, Dewey était sous les feux des projecteurs – et cela ne lui déplaisait pas. La seule ombre à son sentiment personnel de triomphe, c'était qu'il devait presque tout à cette crapule de Lucky Luciano. C'était

Luciano (et Lansky) qui lui avaient « donné » Gordon. Luciano encore qui, deux ans plus tard, avait fait abattre ce cinglé de Dutch Schultz parce que celui-ci voulait faire exécuter Dewey, qui le serrait de près : Luciano lui avait sauvé la vie, ce qui était à peu près impardonnable. Dewey n'avait eu de cesse de payer sa dette en envoyant Luciano à l'ombre pour les trente prochaines années... Quitte à extorquer, par tous les moyens de pression à sa disposition, des dépositions accablantes à des dizaines de prostituées.

— Je ne te parle pas de ça, reprit Cohen. D'ailleurs, tout ce que je te demande, pour le moment, c'est une petite heure de ton temps.

— Tu passes quand tu veux, finit par consentir Dewey. Je suis au bureau toute la journée.

Dewey avait des sentiments ambigus à l'égard de Johnny Cohen. Certes, il savait que son ancien condisciple s'était enrichi à défendre les truands les plus compromis dans les trafics en tous genres, et que la Prohibition et la Grande Dépression avaient été pour lui des opportunités merveilleuses. Mais il avait résisté à l'envie de couper les ponts. Oh, pas par gratitude : ce n'était pas un sentiment auquel il se laisserait jamais aller. Mais il sentait, d'une manière un peu animale, instinctive, que Cohen lui apporterait un jour sur un plateau une affaire qui le propulserait vers les dernières marches – gouverneur de l'État, et peut-être, après...

En fait, les deux anciens amis nourrissaient les mêmes sentiments l'un envers l'autre. Cohen avait poussé Dewey parce que lui aussi, d'instinct, pressentait qu'il aurait un jour l'usage de ce petit juriste ambitieux et sans scrupule, de ce gaillard né dans la cambrousse profonde du Michigan et qui rêvait de nettoyer les grandes villes de perdition de la fange où elles se complaisaient. C'était Cohen qui, dès 1931, en sous-main, avait fait nommer le jeune homme (Dewey n'avait pas trente ans) premier adjoint de George Medalie, le procureur fédéral du district sud de New York. Cohen encore qui lui avait fait donner l'instruction de l'affaire Gordon. Et en enquêtant sur les vices de la nouvelle Babylone, Dewey était tombé vingt fois sur le nom de Cohen – et vingt fois, il l'avait sciemment négligé. La satisfaction de le faire radier du barreau (et c'était certainement tout ce qu'il pourrait obtenir) ne valait pas la peine qu'il se prive, le jour venu, d'une relation aussi puissante.

— Nous allons arriver, prévint le directeur de Dannemora. Voulez-vous le voir dans sa cellule, ou préférez-vous que je le fasse venir au parloir ?

— Non, dit Dewey. Pas sa cellule. Ça ne doit pas valoir sa suite au Waldorf, et il serait capable de me le reprocher. (Il réfléchit un instant.) Je préférerais un lieu neutre, suggéra-t-il. Pas un parloir. Un bureau inutilisé, par exemple. Et surtout, ne lui dites rien. Ne citez pas mon nom : il serait capable de refuser de venir.

Alberto Jackson avait longuement parlementé avec son ami Johnny Cohen avant de le persuader de se lancer dans cette négociation hasardeuse. « Bon sang ! Pour cent mille dollars, je n'essaierais même pas », avait-il protesté. « Qui te parle d'argent ? avait susurré Alberto en lui offrant un cigare assez gros pour l'étouffer. Tu vas œuvrer pour une grande cause, Johnny... » « Je ne vois pas quelle cause pourrait m'amener à me passer d'honoraires », avait grommelé l'avocat, tout en tirant avec gourmandise sur son barreau de chaise. « Si ça se savait, ma réputation en prendrait un coup. Sans compter, ajouta-t-il après un instant de réflexion, que Dewey aura cette fois la certitude que j'ai partie liée avec la Mafia. »

— Est-ce que ta réputation n'aimerait pas une belle décoration ? Et la considération de tous ces Anglo-Saxons qui te méprisent en te faisant la cour ?

Alberto avait baissé la voix. Il y mit même une hési-tation, un tremblement si parfaitement joué qu'il parut naturel.

— Et puis, tu as peut-être une occasion unique d'épargner, dans un avenir proche, la vie de mon fils – ton filleul – Jeremy.

Et Cohen était allé voir Dewey.

— Alors, qu'est-ce qui t'amène ? avait interrogé le procureur.

Cohen n'était pas homme à se déballonner aussi facilement. Il avait pris le temps d'ôter son feutre humide et sa pelisse en poil de chameau.

— Offre-moi un whisky, avait-il lancé.

— Tu sais que je ne bois pas, avait répliqué Dewey.

— Toi non. Mais moi, oui.

Ce n'était pas qu'il eût vraiment envie de boire. Mais le petit cérémonial lui permettrait de prendre la température de la pièce, en quelque sorte, et d'observer Dewey pendant ce temps. « Il a grossi, pensa-t-il. Tous ces anciens sportifs prennent du bide. »

C'est exactement ce que pensa Dewey en voyant entrer Luciano dans la petite pièce miteuse meublée d'une table et de deux chaises. « Il a drôlement grossi...

Et vieilli aussi... Je me demande si ce type épuisé est encore capable de quelque chose... »

Lucky Luciano avait eu un sursaut en reconnaissant le proc' qui avait tout fait pour l'envoyer pourrir à l'ombre.

— Laissez-nous, ordonna Dewey aux gardiens et au directeur qui accompagnaient le truand. Tu peux t'asseoir, proposa-t-il à Luciano.

— Mais... Vous ne craignez pas..., objecta le directeur.

— Non, je ne crains pas, répliqua fermement Dewey.

Il regarda longuement Luciano, affalé sur sa chaise – sans parler. La bouffissure des paupières occultait presque l'œil droit, déjà à moitié fermé depuis ce coup de couteau reçu lorsque les hommes de Masseria avaient cru le tabasser à mort, à l'orée des années 30. Une humeur purulente suintait en permanence de cet œil presque éteint. Toutes les dix ou quinze secondes, d'un geste qui paraissait lui être devenu machinal, Luciano essuyait une larme qui perlait au bout des cils.

— Tu n'as pas l'air bien vaillant, finit par lancer Dewey.

En lui-même, il se disait qu'il arrivait peut-être trop tard, et qu'il n'y avait plus rien à tirer de cette carcasse pourrissante.

— Ça m'étonne, ce que vous dites, dit Luciano en écho. L'air de Dannemora est paraît-il excellent pour la santé.

Dewey le regarda à nouveau. L'ancien « boss des boss » avait tout d'une épave. Débraillé, épuisé, affalé sur sa chaise, la bedaine en avant... Sa tignasse en bataille avait sacrément blanchi. Face à lui, avec son complet à cinq cents dollars et ses cheveux impeccablement calamistrés, Dewey paraissait sortir d'une boîte. Mais la voix était intacte – cette gouaille de Brooklyn où n'entrait plus que par instants l'accent chantant des origines siciliennes.

— Pourquoi t'ont-ils appelé « Lucky » ? finit-il par demander.

— Par anticipation, grimaça Luciano. Parce qu'ils savaient que je finirais par me retrouver ici. Et qu'il faudrait en plus que je me tape le procureur Dewey. Pour un coup de chance, c'est un coup de chance, hein...

La plaisanterie glissa sur le proc' comme l'eau sur les plumes d'un cygne.

— Je m'étais laissé dire que c'était parce que tu t'y connaissais en bourrins, dit-il. À moins que tu n'aies aussi truandé les courses ?

Il leva vers Luciano un regard poliment interrogateur.

— Y a rien qui me force à écouter vos bobards, cria soudain le Sicilien en se levant brutalement.

La chaise hésita, et choisit finalement de tomber avec un bruit métallique. La porte s'ouvrit brusquement, et un gardien armé d'un fusil à canon court passa le bout de son nez.

— Non, ce n'est rien, laissez-nous, dit Dewey.

Puis il regarda Luciano :

— Assieds-toi, imbécile. Tu te doutes bien que si je suis ici, c'est pour ton bien.

Comme vaincu par cette voix monocorde, si peu accordée à ses paroles, Luciano ramassa sa chaise et se rassit.

— Voilà, commença Dewey. Nous sommes en guerre.

Ça a dû te venir aux oreilles, fatalement. Ce que je veux que tu comprennes, c'est que beaucoup de gens vont mourir dans cette guerre. Beaucoup de mes amis, et beaucoup des tiens. Des Américains. Des Italiens. Et des Italo-Américains.

« Je ne sais pas ce que sont tes opinions sur le Duce. Je m'en fiche. Mais ça m'étonnerait que tu apprécies beaucoup ce monsieur Hitler qui a déclenché tout ce tintouin. Tu es un homme d'affaires. Et la guerre, quand elle interfère avec les affaires, ce n'est bon pour personne.

« Tu vois, je ne vais pas jouer sur les grands sentiments patriotiques. Nous nous connaissons trop bien, toi et moi.

« Nous avons des projets à plus long terme pour toi. Des projets où il y a une vraie chance de réhabilitation.

« Est-ce que tu comprends bien ce que je te dis ? c'est de ta libération prochaine que je parle.

Luciano releva la tête et fixa Dewey droit dans les yeux. Allons ! Les amis ne s'étaient pas démenés en vain, depuis six mois. Et ce salopard qui croyait qu'il avait l'initiative... N'importe : il fallait jouer jusqu'au bout le rôle du truand à bout de souffle.

Il mit tant d'énergie, tant de volonté dans son regard que, par un effort prodigieux, il arriva à entrouvrir de manière significative son œil droit enflammé, enfoui sous les replis de sa lourde paupière encollée de pus séché.

— Rien sans être sorti de ce trou, articula-t-il lentement. Je veux une prison avec une cellule confortable. Je veux être bien traité. Et tout de suite.

Dans la semaine qui suivit, le 12 mai 1942, Lucky Luciano fut transféré dans la prison de Great Meadows. Le temps s'était enfin mis au beau. Le printemps, cette année-là, serait même très chaud.

À Great Meadows, on l'hospitalisa brièvement pour soigner son œil, et on lui injecta dans les fesses une dose massive de pénicilline, pour arrêter la syphilis qui le rongeait – un souvenir des belles de nuit de jadis. On le chouchouta. Ses amis purent venir le voir sans passe-droits, en toute légalité. On murmure que certaines de ses anciennes amies, et même quelques jeunes filles qu'il ne connaissait pas, toutes nouvelles dans le business du charme, le rencontrèrent dans des cellules très privatives de cette prison pour détenus modèles en fin de peine.

Sur les docks de New York, les hommes de Luciano, comme promis, menèrent une guerre sans merci contre les saboteurs nazis et leurs complices – et plus globalement contre les réseaux de sympathisants allemands, qui profitaient des affinités actives de tous les émigrants qui vivaient aux États-Unis avec, au cœur, la nostalgie du *Land* natal.

Quand, à la fin de l'année 42, les Américains débarquèrent en Afrique du Nord, prologue à tous les débarquements victorieux qui s'échelonneraient jusqu'en juin 44, le port de New York, grâce aux hommes de Luciano, était définitivement débarrassé de toute cette racaille pro-nazie.

Quand Roosevelt participa, dans sa chaise roulante, à la conférence de Casablanca, en janvier 43, Luciano allait tout à fait bien. Les entrevues avec Dewey ou avec les hommes des services secrets de la Marine étaient fréquentes, et fructueuses.

Quand fut lancée la campagne de Tunisie, au cours du premier trimestre de 1943, on avait fait à Luciano des promesses précises. Dewey, quant à lui, sentait chaque jour augmenter ses chances de s'asseoir dans le fauteuil de gouverneur de l'État de New York. « Et quand j'en serai là, lança-t-il un jour de confidences au truand pétant de santé qu'il avait presque plaisir à revoir, semaine après semaine, oui, quand j'en serai là, Charlie, toi, tu ne seras plus ici. »

Le débarquement de Sicile aurait lieu en juillet 43. Dans les mois qui précédèrent, Lucky Luciano réactiva ses contacts avec la mafia de son île natale, et organisa, de sa cellule, l'arrivée en douceur des Américains sur le sol italien. Il gardait en tête deux objectifs : épargner le plus possible son peuple, et exploiter au mieux cette manne qui allait se parachuter du ciel avec une innocence toute typiquement yankee.

PREMIÈRE PARTIE

Israël en Sicile

CHAPITRE 1

Tunis

Tunis libéré était en liesse.

Le départ précipité des Allemands, l'arrivée triomphale des Alliés avaient déclenché dans toute la ville une furie de fêtes qui frisait l'orgie perpétuelle. « Tu vois, proclamait Jeremy en entraînant Ben d'un bar à l'autre, dans des embrassades et des apéritifs toujours recommencés, c'est pour eux le commencement de la fin. Plus d'Italiens en Afrique du Nord. Les Allemands sont fichus. Nous n'avons plus qu'à débarquer en Sicile, et puis l'Italie, en deux coups de cuillère à pot. À l'automne nous serons à Berlin, et pour Noël, je t'invite à New York. Tu as bien le temps de rentrer en Palestine... »

Ben connaissait la guerre mieux que Jeremy. Il avait combattu avec son père, Andreï, et, tout enfant, il l'avait entendu, à maintes reprises, raconter l'âpreté des combats, la résistance de l'ennemi, sous tous les cieux, tous les climats – en Pologne, en Russie ou en Palestine : rien n'était jamais acquis. Alors, mai à Tunis, et l'automne à Berlin... Il n'y croyait guère. Il n'était pas beaucoup plus âgé que Jeremy, qui avait devancé l'appel et jouait volontiers au héros, du haut de ses dix-huit ans, mais il était lourd de cet héritage sanglant, lourd de tous les combats de Palestine, contre les Arabes ou contre les Anglais.

— Ne les sous-estime pas, répliqua-t-il. Rappelle-toi Kasserine. Rommel n'a finalement plié que parce qu'il n'avait plus d'essence à mettre dans les tanks de l'Afrika Korps. Sinon, nous ne serions pas là, ni toi, ni moi.

Il regarda au fond de son verre comme s'il essayait d'y lire son destin.

— À propos, reprit-il, qu'est-ce que c'est que ces rumeurs sur un débarquement en Sicile ?

Jeremy se rengorgea. Comme tous les jeunes gens, il était ridiculement fier d'en savoir un petit peu plus que ses aînés.

— Mon père m'a écrit, il y a déjà quatre mois, mais j'ai reçu sa lettre ce matin.

Il fouilla dans les poches de son uniforme dépenaillé.

— Où diable est-ce que j'ai fourré cette lettre... Ah, tiens, la voilà.

Et il passa à Ben quelques feuillets déjà froissés.

L'écriture était régulière et très appliquée – la graphie de quelqu'un qui a appris très tard à écrire, et qui l'a fait méthodiquement, mais sans chercher à s'approprier véritablement la technique. L'écriture d'un homme qui avait formé ses premières lettres en russe, à l'époque où il s'appelait encore Mishka, et qu'il traînait sur le port d'Odessa[1]. Qui ne prétendait pas, à

---

1. Voir *Andreï ou le hussard de l'espérance*.

cette époque, se nommer Alberto Jackson ; un idéaliste qui projetait de partir en Palestine et ignorait qu'il ne ferait qu'y passer, avant de bâtir un empire d'alcool frelaté et de boîtes de nuit dans le New York de la Prohibition...

New York, 14 février 1943

Mon cher Jeremy,

Si tu vas aussi bien que nous, alors, tout va bien. Pourvu que tu restes du bon côté des balles.

La guerre pourrait bien finir plus vite que nous ne le pensions. Ces derniers mois, j'ai monté avec ton parrain une opération qui l'abrégera, ou je ne m'appelle plus Alberto – ni Mishka.

En deux mots : j'ai convaincu Johnny de tenter une ouverture du côté du procureur Dewey, afin qu'il passe un arrangement avec les clans italiens de la ville.

Tu n'es pas sans savoir que Luciano est en prison depuis bientôt six ans. Il a dû avoir le temps de penser à ces vingt-cinq années qui lui restent à tirer dans l'un des pénitenciers les plus durs des « States ». Nous avons estimé, les uns et les autres, qu'il était cuit à point. L'idée première, d'ailleurs, comme d'habitude, vient de Lansky...

— Qui sont tous ces types ? interrogea Ben en interrompant sa lecture. J'ai beau savoir qu'il y a plein de Juifs à New York, ma parole, on dirait, à lire ton père, qu'ils tiennent la ville... Ce Lansky... Qui est-ce ?

— Un type peu recommandable, plaisanta Jeremy. Mais un cœur gros comme ça. Ton père le connaît : avec Johnny Cohen et papa, il a contribué puissamment

à la quête qui vous a permis d'acheter des armes, en
Palestine [1].

— Ah... Très bien... Je vois...

*... vient de Lansky. Il a jugé que le Syndicat était
à même de faire régner l'ordre sur les quais. Et je
peux te dire que c'est ce qui s'est passé : les Italiens ont fait un travail remarquable. Au lieu de
s'étriper entre eux, comme d'habitude, ils s'en sont
pris à tous les espions qui tentaient de soudoyer
des dockers pour saboter des navires ou décrocher
des informations. Il y a, à l'heure où je t'écris,
un nombre considérable de nazis qui apprennent
à nager, dans l'Hudson, avec cinquante kilos de
béton autour des pieds. Et qui les plaindra ?*

*Quand je lui en ai parlé, la toute première fois,
Johnny pensait que Dewey ferait tout un tas
d'embrouilles. Et pourtant, ils se connaissent
depuis Columbia. Je crois même qu'il craignait que
son ancien ami ne finisse par l'inculper pour corruption de fonctionnaire. Parce que enfin, les argu-
ments patriotiques ne pouvaient masquer le fait
qu'il s'agissait de faire une fleur à l'ancien patron
de Cosa Nostra.*

*Eh bien, Johnny se trompait, et j'avais raison (je
le dis sans prétention particulière). Il n'y a personne de plus enclin aux arrangements que ces
puritains rigides, surtout quand ils y voient un
avantage personnel.*

*Bien sûr, ça ne s'est pas réglé en trois minutes.
Ils ont joué au chat et à la souris pendant un certain temps...*

---

1. Voir *Les Aventuriers des nouveaux mondes.*

En fait, Johnny Cohen le beau parleur, le manipula-
teur de jurys, l'homme de toutes les négociations,
s'était un peu trouvé à court de mots. Il avait tourné
autour du pot pendant dix minutes, flairant, tâtant, sou-
pesant Tom Dewey – qui le regardait venir avec un
masque inaltéré et, intérieurement, le sourire cruel du
chasseur que voudrait séduire le lièvre. Cohen avançait
à petits pas, évoquant la guerre en cours, les réquisi-
tions de paquebots, les « boys » qui venaient de débarquer en Afrique du Nord et qui, tôt ou tard, forcément,
remonteraient vers l'Italie...

— Et alors, grinça sauvagement Dewey, qu'est-ce
que j'en ai à foutre ?

— Ce que tu en as à foutre ? Eh bien, il me semble
que quelqu'un qui a les ambitions politiques qui sont
les tiennes pourrait se soucier davantage de la sécurité
du port de New York – voilà ce que tu en as à faire.
Imagine l'avantage que tu tireras en te présentant
devant les électeurs avec l'auréole d'un héros de la
lutte anti-nazie...

— Et tu vois les choses comment ?

— Imagine, et note bien qu'il s'agit juste d'une sup-
position, qu'un sous-marin allemand vienne se glisser
à l'embouchure de l'Hudson et envoie par le fond un
transport de troupes – mettons le *Queen Elizabeth* avec
cinq ou six mille gars à bord... Et tout ça parce qu'il
aura reçu la bonne information au bon moment, parce
que les docks sont pleins d'espions et de saboteurs...

Dewey s'était mis à rire. « Et tu voudrais que je fasse
une fleur au Syndicat du crime en lui laissant les rênes
sur le cou pour faire ses affaires sous prétexte qu'il
liquiderait un ou deux nazis de temps en temps ? La

guerre ne suspend pas la lutte contre le crime organisé, sais-tu. »

Il prit une inspiration et ajouta : « Luciano est en taule, mais il reste encore en liberté quelques-uns de ses lieutenants – et pas mal de ses comparses, y compris des rouges infiltrés parmi les dockers –, et quelques avocats marrons. Et pour ce qui est des saboteurs, le F.B.I. ou l'O.S.S. doivent pouvoir s'en charger, non ?

— C'est une question de priorités, répliqua Cohen. La guerre ne suspend pas la morale, elle la place ailleurs – plus haut. Et les services secrets connaissent mieux la menace extérieure, parce que c'est leur vocation, que l'ennemi intérieur. Si le Syndicat peut nous aider à combattre la cinquième colonne, comme on dit, eh bien, utilisons le Syndicat. Tu ne voudrais tout de même pas qu'après le *Normandie*, le *Queen Elizabeth* y passe ? »

Dewey eut un véritable haut-le-corps, que malgré toute son habileté politicienne à camoufler ses sentiments, il ne parvint pas à dissimuler. L'idée que l'incendie du *Normandie* n'était peut-être pas un accident, que c'était un coup monté de longue date pour préparer, justement, cette entrevue, et lui faire comprendre que ce que les gars du Syndicat du crime pouvaient brûler d'une main, ils pouvaient l'éteindre de l'autre, le laissa un instant pantois.

— Qui te paie ? demanda-t-il brutalement.

Cohen parut hésiter. « Dewey n'est pas capable de finesse jusqu'au bout, pensa-t-il. Très vite, le fleuret moucheté l'énerve, et il y va à la massue. »

— Personne, malheureusement, sourit-il. Tu vois, si j'en suis à travailler gratuitement, c'est que moi aussi j'ai senti l'urgence.

Il connaissait Dewey, et il s'abstint de lui raconter que certains récits narrés par les quelques Juifs qui avaient réussi à gagner l'Amérique, depuis deux ans, lui avaient fait dresser les cheveux sur la tête. Il s'était tellement américanisé qu'il avait failli ne pas y croire. Et puis la petite veilleuse atavique qui brûlait encore dans un coin de sa tête, cet héritage de siècles de persécutions et de pogroms, lui avait soufflé que, cette fois encore, seul le pire était sûr.

— Il n'y a qu'un homme qui peut gérer cette situation, continua Cohen. Et ce n'est pas parce qu'il est à Dannemora qu'il n'a plus le bras long.

Dewey l'attendait là depuis cinq bonnes minutes. Mais il eut la force de paraître surpris.

— Tu voudrais que, sous prétexte de patriotisme, je traite avec Luciano ?

— Si tu ne le fais pas par patriotisme, fais-le pour toi, lança Cohen. Luciano t'a déjà servi, en allant en prison. Maintenant, il est oublié – tu sais à quelle vitesse le public oublie les bonnes actions. Alors, ressors-le de sa boîte. Quand les temps seront venus, tu l'y renfourneras, ou tu l'enverras au diable. Est-ce que tu t'imagines que je me préoccupe de l'avenir d'un truand sicilien ?

— Mais si je vais voir Luciano, il va me cracher à la gueule, affirma Dewey non sans raison. Parce que je ne lui ai jamais fait aucune fleur.

— Justement : venant de toi, l'offre lui paraîtra bétonnée.

Et Cohen, à ce moment-là, asséna l'argument définitif.

— Et si tu joues comme je te le suggère, tu t'assures le vote des Italiens aux prochaines élections, et je te garantis, moi, le vote des Juifs. Je te promets qu'ils voteront républicain, cette fois.

Il sentait Dewey à deux doigts d'être convaincu.

— Ce n'est pas un piège, Thomas. C'est une affaire. C'est du business.

— Je vais me retrouver pieds et poings liés à une bande de malfrats, gémit Dewey. Et ça...

— Pas du tout, analysa Cohen avec sagacité. La guerre suspend la morale commune, mais la paix la rétablira dans toute sa force. Mon ami Jackson, que tu connais, et dont le fils se bat avec nos troupes, à l'heure qu'il est, est l'intermédiaire idéal entre les communautés. Il a un pied chez ses coreligionnaires, et un pied dans le Syndicat. Si tu veux savoir, c'est de lui que vient la suggestion – pas d'un mafieux à la noix puant l'huile d'olive.

> *Tu vois, mon cher fils, continuait Alberto dans sa lettre, il faut toujours jouer sur les défauts ou les appétits des gens, plutôt que sur leurs qualités. Johnny aurait pu titiller mille ans la fibre patriotique du procureur sans en obtenir quoi que ce soit. Mais en insinuant qu'aux prochaines élections la communauté juive voterait pour lui... Ce que Dewey n'aurait pas fait pour autrui (quand bien même il s'agirait de l'intérêt national), il l'a fait pour lui.*
>
> *Il est donc allé à Dannemora rencontrer Luciano. Les tractations ont duré juste ce qu'il a fallu pour que personne ne perde la face. Maintenant, Luciano est à Great Meadows, il s'est requinqué, il a presque, si je puis dire, ses entrées et ses sorties, et il a fait comprendre au Syndicat qu'il était toujours le boss. Le Water Front est à présent tout à fait sûr. Plus de sabotages, plus d'extincteurs qui*

ne fonctionnent pas, comme lors de l'embrasement du Normandie, *et d'ailleurs plus d'incendies – les derniers ont été allumés par le Syndicat avec de l'essence et des espions nazis.*

Les dockers y ont trouvé leur compte, par ailleurs : jamais les trafics sur le port n'ont été aussi florissants. Mais l'armée ferme les yeux sur les détournements de matériel, moyennant la participation active des Italiens à la lutte contre les espions et les saboteurs.

Mais je ne t'ai pas raconté le plus important. Dewey a vu et revu Luciano. Parfois seul, parfois avec Johnny, qui s'est dépensé sans compter. Parfois aussi avec des types de l'O.S.S.[1] *qui cherchaient à glaner des renseignements sur la Sicile.*

Je te passe les détails, parce que l'armée ne laisserait pas passer des informations confidentielles dans une lettre à l'un de ses soldats. Mais ce qui est sûr, c'est que dans un très prochain temps, tu vas faire une excursion un peu plus au nord, et que les relations de Luciano avec les parrains, comme ils disent, simplifieront grandement les choses. Les Italiens sont pauvres et intelligents : ils ont acclamé Mussolini tant qu'il leur a apporté des victoires et des emplois, ils s'apprêtent à le détrôner puisqu'il ne leur vaut plus que la guerre et la misère...

Ben regarda Jeremy.

— Et tu dis que la lettre a mis quatre mois à te parvenir ? Mais alors, c'est pour tout de suite, ou presque.

---

1. Les services secrets militaires américains. L'O.S.S. donnera naissance à la C.I.A.

Le jeune Israélien en sautait de joie. Il était, comme Jeremy, à un âge où l'on aime la castagne pour elle-même. De surcroît, il avait l'impression, chaque fois qu'il tuait un nazi, d'accomplir une sorte de devoir religieux – ou sacré, en tout cas.

— Qu'est-ce que c'est que cette histoire de... *Normandie* ? reprit-il, en retrouvant le nom du navire sur le feuillet où Alberto faisait allusion au paquebot français.

— Ça remonte à l'année dernière, en février 42 exactement, expliqua patiemment Jeremy. Le *Normandie* était le plus beau des transatlantiques français, et il était en réparation à New York. Un paquebot de luxe, que l'on s'apprêtait à reconvertir en transport de troupes. Je t'assure que je n'aurais pas détesté faire la traversée là-dessus, plutôt que sur le cargo pourri où l'on nous a entassés pour franchir l'Atlantique.

« Bref, pour faire court, un ouvrier qui n'était même pas italien, expliqua le jeune homme en souriant, un certain Sullivan, en soudant une plaque de tôle, a provoqué une étincelle qui a enflammé un tas de gilets de sauvetage, dont on n'aurait jamais pensé qu'ils puissent être à ce point inflammables. On les aurait arrosés d'essence qu'ils n'auraient pas mieux pris feu. Bref, de proche en proche, tout le bateau s'est trouvé la proie des flammes. Et à une vitesse telle, d'après les témoins, qu'on aurait presque cru que l'incendie s'était allumé en plusieurs points simultanément – si tu vois ce que je veux dire.

« Tout New York est venu au spectacle. J'y étais moi-même. On est jeune, on est badaud. C'était beau et triste à la fois.

« Les pompiers sont arrivés rapidement – mais pas

tout de suite quand même, parce que les lignes téléphoniques avaient été les premières à brûler – on y aurait mis le feu qu'elles n'auraient pas été détériorées plus vite. Voilà les sauveteurs à pied d'œuvre ; mais par un malheureux hasard, les raccords des pompes d'incendie venaient d'être changés, pour des questions de normes, et l'on n'a pas trouvé tout de suite les tuyaux qui correspondaient aux embouts.

« Quand ils sont finalement parvenus à arroser le bateau en feu, ç'a été bien pire. Ils ont envoyé tellement d'eau dans ce malheureux navire qu'ils l'ont alourdi, le *Normandie* a basculé sur bâbord et la mer s'y est engouffrée. Spectacle grandiose de la lutte des éléments, l'eau contre le feu, et le navire pour champ de bataille. Épique.

« Le capitaine et le chef mécanicien, revenus d'escale en catastrophe – et c'est le cas de le dire – ont préconisé de fermer tous les hublots inférieurs. Les policiers – des Irlandais pourtant, pas des Italiens, remarque bien – ne les ont pas écoutés : des *Frenchies*, hein, et en plus, "Vichy-minded[1]", comme ils disent. Bref, deux heures plus tard, le bateau avait coulé. La mer avait gagné, comme toujours. Il restait juste de la fumée qui sortait du port – une colonne de fumée blanche, qui s'estompait peu à peu.

« Le *New York Times*, le lendemain, a écrit – et je m'en souviens parce que mon père m'a fait lire l'article pour me faire comprendre la vie –, que l'incendie et le sauvetage pouvaient être assimilés à du sabotage, tant les négligences et les maladresses s'étaient accumu-

---

1. Vichystes dans l'âme.

lées, entrecroisées... À ce niveau de maladresse, sûr que c'était fait exprès. Ce que je sais, c'est que le soir même, tout l'ancien gang de Lucky Luciano fêtait quelque chose dans une boîte du Bronx – avec une pièce montée gigantesque, surmontée d'un ridicule petit navire.

— Je vois, dit rêveusement Ben. Je vois surtout que ton père et toi fréquentez le meilleur monde !

— Pour la bonne cause, lui rappela Jeremy. Pour la bonne cause. Il n'y a qu'une victoire, mais les chemins qui y conduisent sont parfois détournés. Bon, on devrait aller prendre des nouvelles.

Il rangea dans la poche de poitrine de sa chemise les cinq feuillets de la lettre d'Alberto, et régla les consommations, en abandonnant la monnaie sur le comptoir – ce qui lui valut un grand sourire de la serveuse et lui permit de voir qu'il lui manquait une canine, en haut à gauche. Mais le sourire, quoique édenté, était chaleureux et presque prometteur.

CHAPITRE 2

Commando

Il est bon, à dix-huit ans, d'être accueilli partout en héros. Cela vous donne de l'importance aux yeux des filles.

Et aux yeux de leurs pères. Aaron, rencontré au cours des combats dans le désert, avait fait les honneurs de Tunis à Jeremy, et lui avait présenté son père. Et ce dernier, enthousiasmé par le jeune Américain, lui avait très vite soufflé : « Revenez donc après la guerre, jeune homme... J'ai une fille pour vous... » Il avait fallu que Ben le réveille de son rêve de gloire : « Si nous nous laissons faire, nous serons mariés avant même d'avoir été fiancés. Et tout le monde sait que le temps des fiançailles est tout de même le meilleur moment... »

Et Jeremy, rappelé à la raison, se dispersa avec Ben, pendant quelques semaines, dans des fiançailles successives, intenses et brèves, avec des filles admiratives et, ce qui ne gâchait rien, admirables.

Une ordonnance du général commandant en chef, qui vint quérir Jeremy au petit matin et l'arracher pour ainsi dire aux bras de Morphée (et Morphée, cette nuit-là, avait une peau veloutée et de grands yeux alanguis qui aimaient se fermer pour mieux se rouvrir et en demander encore), l'arracha à cet Éden de bistros, de plages et de filles. « Le général vous veut dans son bureau dans une demi-heure », lança-t-il sauvagement à un Jeremy encore ahuri de sommeil, tandis que la belle se réfugiait sous le drap encore humide de sommeil. L'émissaire lorgnait visiblement sur le petit monticule de tissu froissé sous lequel il devinait une présence frémissante – et qui le fut bien plus lorsque Jeremy, sans vraiment le faire exprès, se leva précipitamment en tirant à lui le drap tout entier pour y enfouir sa pudeur. L'ordonnance ouvrit des yeux énormes.

Jeremy eut la présence d'esprit de faire les présentations.

— Aïcha, dit-il. Aïcha, le sergent...

— Mackenzie, murmura l'ordonnance d'une voix mourante en soulevant sa casquette. Pour vous servir, mademoiselle.

Et voyant que le jeune homme hésitait :

— Le général a bien spécifié que c'était très urgent, insista-t-il d'une manière un peu louche.

Jeremy, avec un soupir, se prépara en un tournemain, et descendit dans la rue déjà toute bruissante d'une foule bigarrée.

Assez curieusement, l'ordonnance, au bas de l'escalier, s'arrêta, se frappa le front et dit, le plus innocemment du monde :

— Idiot que je suis, j'ai oublié ma casquette sur une chaise.

Et il remonta précipitamment, laissant Jeremy, quelque peu perplexe et amusé, partir seul à l'état-major.

Le général commandant en chef s'était installé dans l'hôtel même où son prédécesseur allemand avait posé son paquetage : les militaires, sous toutes les latitudes, ont les mêmes goûts de luxe.

— Repos, ordonna le général à un Jeremy figé dans son salut. C'est bien, lieutenant, ajouta-t-il, vous avez fait diligence. Bon, asseyez-vous, nous avons à parler.

« Voilà. Il y a quelques jours, j'ai reçu un émissaire de Washington. Un membre des services secrets. Inutile de vous préciser que j'ai horreur de ces types : ils sont très certainement utiles, mais cette guerre souterraine ne m'enchante pas.

« L'homme s'est présenté sous le nom de "commandant Smith", et, croyez-moi, il avait une tête à s'appeler Smith comme moi à m'appeler de Gaulle. Il avait sous le bras un mince dossier qu'il a délicatement posé devant moi » – et le général agita un porte-documents de cuir fauve, qu'il finit par jeter, comme s'il s'agissait d'un objet un peu répugnant, sur le bureau où s'empilaient déjà toutes sortes de paperasses. « Vous ne me croiriez pas si je vous disais, lieutenant, la somme de dossiers confidentiels, top secret et tutti quanti qui me passent entre les mains. Si je les lisais tous, nous ne repartirions pas en offensive avant l'année prochaine... Si tous les ronds-de-cuir de Washington s'imaginent que l'on gagne les guerres avec des "documents secrets" et autres balivernes...

« Et c'est à peu près ce que j'ai dit à ce monsieur Smith...

L'homme des services secrets n'avait pas bronché. « Puis-je me permettre d'insister, mon général ? » Il avait une voix glacée, une politesse presque insultante, et le titre de son interlocuteur semblait visiblement lui écorcher les oreilles, comme un mot objectivement obscène. « À vrai dire, ajouta-t-il (et il y avait cette fois dans sa voix une inflexion nettement injurieuse), nous avions prévu cette réaction, et c'est pour cette raison que j'ai fait le déplacement moi-même, de New York à Casablanca, et de Casablanca à Tunis. Et mes instructions sont claires : je ne dois pas repartir sans que nous soyons parvenus à un accord sur ce dossier. »

Il se pencha vers le général.

« Oserai-je me permettre d'insister – mon général ? »

— J'ai vraiment eu envie de l'envoyer paître, avoua le général. Je ne sais même pas ce qui m'a retenu.

« J'ai ouvert le dossier – oh, vous allez voir, tout tient en deux feuillets. Le premier m'a paru si invraisemblable que j'ai cru à une plaisanterie. Oui, une plaisanterie. Nous faisons la guerre et pendant ce temps, à Washington...

« Mais sur le second feuillet, il y avait votre nom.

— Mon nom, mon général ?

Jeremy était abasourdi. Cette convocation matinale, cette colère du commandant en chef, et cette révélation que quelqu'un, à Washington, avait écrit dans un dossier ultra-confidentiel le nom de Jeremy Jackson...

— Je préfère ne pas savoir pourquoi ils ont pensé à vous, fulmina le général. Mais en deux mots, l'opération consiste à vous débarquer en Sicile, avec une équipe très réduite, pour prendre contact avec les chefs de la Mafia afin de préparer notre arrivée en masse.

Johnny Cohen avait ficelé le dossier comme un vrai expert du renseignement. Tout y était, les contacts, les lieux, les hommes – et jusqu'au nom de Jeremy, son filleul, avec ses états de service, et un bref curriculum vitae qui insistait sur ses capacités linguistiques (on n'a pas été élevé à New York dans les années 30 sans être capable de baragouiner cinq ou six langues, au premier rang desquelles l'italien) et militaires.

Mais le plus important n'était pas dans le dossier. Le plus important avait été négocié de vive voix, entre Dewey et Luciano, entre Luciano et Tony Zampelli, son ombre chez les vivants, entre Zampelli et Alberto Jackson, entre Alberto et Johnny, entre ce dernier et des huiles du gouvernement qui cherchaient désespérément un moyen de sécuriser le futur débarquement en Italie. En Sicile ? Dans les Pouilles ? À Naples ? « En Italie continentale, avait plaidé Cohen, qui avait derrière la tête les mêmes idées tortueuses que Luciano, les Allemands seront sur vous avant que la première péniche de débarquement ait atteint la plage. En Sicile, vous vous heurterez à quelques unités de gendarmes italiens assoupis... »

— Je préfère ne pas savoir pourquoi ils vous ont choisi, répéta le général – et l'on sentait encore vibrer en lui une irritation de guerrier peu rompu aux pratiques de l'armée des ombres. Apparemment, et je n'en savais trop rien, vous avez grandi dans un milieu où l'on enseigne moins les bonnes manières que l'art de réussir des coups. » Il leva la main en voyant la mine effarée de Jeremy. « Lieutenant, je me fiche pas mal de vos antécédents, et encore plus de ceux de votre famille. Pour moi, vous êtes un garçon capable, et vous m'êtes recommandé par le haut commandement. Et vous êtes volontaire, n'est-ce pas...

Ce n'était pas une question. Jeremy comprit que protester, expliquer que, peut-être, son père avait eu, plus jeune, des relations peu reluisantes... mais qu'il était, lui, un Américain pur jus, élevé dans les meilleures universités et par une mère aimante qui l'avait laissé en dehors du cercle frelaté des amis de son père... que ce dernier avait bien tenté de lui expliquer, et à plusieurs reprises, le fonctionnement des « familles » qui se partageaient New York, mais que cela lui était largement passé au-dessus de la tête... qu'il n'était un héros que par hasard – comme tous les héros véritables...

— De toute façon, continua le général, la guerre amnistie les écarts de conduite passés.

— Je ne vois pas très bien en quoi je fais l'affaire mieux qu'un autre, se rebella finalement le jeune homme. Je ne suis pas le seul, dans cette armée, à parler italien...

— Oh non, vous n'êtes pas le seul. Mais vous le parlez sans l'être, lieutenant, de sorte que vous jouerez notre jeu sans vous soucier prioritairement des relations familiales, claniques, ou je ne sais quoi. Que vous ferez « nos » affaires sans penser d'abord à faire les vôtres. Un vrai Sicilien aurait eu sur le front l'étiquette « Mafia » – et nous ne sommes pas dupes des arrangements que Cosa Nostra, apparemment, a passés avec le gouvernement. Bref, que vous les connaissiez ou que vous fassiez semblant de ne pas les connaître, tous ces Zampelli, Luciano, Anastasia ou Costello pensent que vous êtes l'homme de la situation. Et les services secrets le pensent aussi. Et je vais finir par le penser moi-même.

Le général recula son fauteuil, en prenant appui des

deux mains sur le bord de la table. L'entretien arrivait à sa conclusion.

— Vous avez deux jours pour prendre connaissance des détails de l'opération, et pour faire vos adieux à vos petites amies. Dans deux jours, un sous-marin vous débarquera au large de Palerme, où un bateau de pêcheurs vous prendra en charge et vous conduira dans un petit port – du diable si j'ai retenu son nom. Et de là à Palerme, où vous avez rendez-vous avec une huile locale de la Mafia, un certain... (il ouvrit brièvement le dossier)... Don Carlo Vizzini. Je vous demande un peu ! Don Carlo ! Ah, bien sûr, vous serez déguisé en civil. Si l'on vous arrête, vous savez ce que ça signifie.

Il se leva, et Jeremy l'imita.

— Trouvez deux hommes – je vous en laisse l'appréciation. Des durs en qui vous ayez confiance. Je préfère procéder ainsi plutôt que de vous imposer des hommes dont je serais peut-être sûr moi-même, mais avec lesquels le courant mettrait du temps à passer. Nous sommes pressés, et nous n'avons pas d'énergie à perdre en problèmes existentiels. Vous me les présenterez demain matin, à la même heure. Je suis bien obligé de vous faire confiance, mais je préfère jauger moi-même vos recrues.

Il le fixa sans aménité.

— Rompez, lieutenant. Vous avez le destin de l'armée que je commande entre vos mains.

Jeremy avait tout de suite pensé à Ben pour l'accompagner. Après tout, le jeune Hébreu était surmotivé pour gagner cette guerre. Quant au second comparse... Il réfléchit un instant. Il y avait bien ce Joe Black, un Noir de Chicago qui jouait si bien du piano... « Il faudra que je trouve une autre recommandation vis-à-vis du général, se dit-il en se souriant à lui-même au milieu de la rue animée. Parce que si je lui explique que l'un est expert dans la culture des oliviers, et que l'autre joue à ravir *As time goes by...* »

En fait, en dehors de leurs capacités guerrières – qui au fond, dans la guerre moderne, pensait Jeremy, n'ont pas une si grande importance –, aussi bien Ben que Joe avaient quelque chose à prouver. C'étaient deux hommes avec une cause à défendre. L'un parce qu'il était Juif, et que se battre était un exorcisme contre cette longue hérédité de souffrances et de plaintes qui avait débuté lors de l'exil à Babylone et des imprécations du prophète... Jérémie, et s'était perpétué, de *stetl* en *stetl*, de pogrom en pogrom. Quant à l'autre, c'était au fond la même histoire. Joe lui avait chanté un soir un negro spiritual d'un lyrisme somptueux. Comment est-ce que cela commençait, déjà ?

J'connais une grande rivière,
C'est pas l'Mississippi...

Mais Jeremy se rappelait surtout le couplet final :

Fleuve profond, sombre rivière,
Jourdain, Jourdain, entre moi et mon Dieu,
Bâtissez-moi un pont d'prières,
Et qu'j'arrive à l'aut'bord, au campement, au saint lieu !

C'était ce soir-là qu'il avait compris que la rivière dont il était question dans toutes ces chansons d'escla-ves était et n'était pas le Mississippi, était et n'était pas le Muskegee, mais était surtout le Jourdain spirituel d'une terre promise qui leur échappait depuis des siècles, à eux aussi, et que Joe Black, cet homme qui n'avait pour identité que la couleur de sa peau, avait à cœur, comme Ben, de trouver un sens à la révolte qu'il sentait sourdre en lui.

Cette nuit-là, ils firent tous trois une fête à tout casser, qui n'était cependant pas exempte d'une curieuse gravité. Et quand Joe, au piano du petit bar où ils avaient fini par échouer, à deux heures du matin, égrena les notes du standard de Fats Waller, *Black and blue* (« What did I do/To be so black and blue... »), Ben et Jeremy se surprirent à rêver au passé, aux sourires des mères, aux embrassades des sœurs, et à ces milliers de kilomètres de mer et de solitude qui, l'un à l'ouest, et l'autre à l'est, les séparaient des leurs.

CHAPITRE 3

Deganya

L'air qui entrait par la fenêtre était déjà trop chaud, mais ce n'était pas pour cela qu'Andreï Parocki ne dormait pas. Et ce n'était pas parce qu'il ne dormait pas qu'il restait là immobile, allongé dans le noir à côté de Sarah, au lieu d'aller faire les cent pas en contrebas du kibboutz, au milieu des oliviers, ou en bordure des vignes. À peine s'il remuait un cil : il ne voulait pas avoir l'air préoccupé, il ne voulait pas qu'à travers son sommeil elle entende son inquiétude.

La dernière lettre de Ben remontait au 15 mai – il y avait plus d'un mois. Postée de Tunis. Son enfant lui expliquait, à mots couverts pour contourner la censure militaire, qu'il partait en mission avec Jeremy. Depuis, plus un mot.

La voix traversa soudain la nuit.

— Tu ne dors pas, murmura Sarah.

Ce n'était pas une question.

— Comment le sais-tu ?

— Ton souffle, expliqua-t-elle. Tu retiens ton souffle.

— Toi aussi, répliqua-t-il.

— Je sais bien. C'est pour ça que j'ai choisi de parler. Sinon, nous mourions asphyxiés tous les deux.

Elle ne lui demandait pas ce qui n'allait pas. Cela allait de soi. Il y avait, entre eux, le fantôme de leur fils – exactement comme quand il était petit, et qu'il venait s'installer dans le lit conjugal, le matin, pour se glisser entre eux. C'était la même présence, sauf qu'il n'était pas là. Il était même plus présent encore, puisqu'il n'était pas là.

— Il ne faut pas te faire de souci, dit Andreï.

Il aurait voulu rattraper ses paroles, tant elles lui paraissaient vides de sens. Et Sarah ne se fit pas faute de le lui faire remarquer.

— Non, bien sûr... Notre fils est Dieu seul sait où, peut-être déjà... – et je ne t'en ferai plus d'autre, Parocki ; la guerre ravage le monde, nos compatriotes sont partout persécutés, et l'on raconte même de telles horreurs qu'elles doivent malheureusement être vraies, parce que personne n'irait les inventer. Aucune raison de s'inquiéter, hein, Andreï...

— Je sais, soupira-t-il. Mais écoute : Nous avons traversé la Russie et la Turquie, et la mer Noire. Nous sommes arrivés ici presque à la nage. Nous avons survécu aux Cosaques, et aux Arabes. Et à nos propres divisions. Et je suis arrivé jusqu'à cinquante ans – un demi-siècle, tu n'imagines pas ce que c'est... Crois-tu que j'aie vécu jusqu'ici pour apprendre que mon fils a été...

Le mot ne passa pas. Il planait entre eux comme une ombre impossible, une inconvenance majeure.

La semaine n'avait pas été bonne. Oh, les oliviers promettaient une belle récolte, il avait plu un peu, ce qui permettrait aux vignes d'attendre l'été – mais pas trop, de sorte que les feuilles n'avaient pas cloqué. Les troupeaux augmentaient sans cesse, et pour le moment, les Arabes, même s'ils soutenaient à fond les nazis, ne leur causaient pas trop de soucis.

Non, l'horreur était venue d'Europe.

Un vieux bateau roumain, le *Struma*, avait échappé à la surveillance des garde-côtes allemands, et s'était élancé dans la mer Noire avec près de huit cents personnes à bord – huit cents Juifs qui fuyaient les atrocités allemandes, à bord d'un petit cargo autorisé seulement à naviguer sur le Danube, et qui n'était pas censé embarquer plus de cent passagers. Le navire avait louvoyé entre les vedettes de surveillance, et était arrivé en vue des côtes turques. Mais, fidèles à leur politique de neutralité, qui faisait de leur territoire un pont ouvert à tous les belligérants, les autorités turques avaient refusé de les laisser débarquer. Et les Anglais, qui contrôlaient la côte à partir de la Syrie, avaient aussi exprimé leur désaccord.

Andreï avait été délégué auprès des autorités militaires britanniques à Haïfa pour plaider la cause de ces malheureux, à bout de vivres et de forces, qui dérivaient depuis deux semaines sur un rafiot qui n'en pouvait plus, si chargé que la moindre vague déferlait sur le pont – par mer calme. Il était tombé sur l'un de ces vieux routiers de l'Empire, un tiers militaire, un tiers bureaucrate et un tiers alcoolique, qui avait pris, aux premiers mots qu'avait osés Andreï, une mine désolée.

— Monsieur Parocki, avait-il lancé, croyez bien que je vous comprends. Et que je vous approuve, aussi. Et si ça ne tenait qu'à moi... Mais j'ai des ordres, des ordres très précis, voyez-vous. Ce n'est pas une question d'humanité, c'est un problème politique. Si nous laissons débarquer huit cents Juifs de plus en Palestine, quelle sera, à votre avis, la réaction des Arabes – à commencer par les Arabes modérés ? Tous ne sont pas pro-nazis, et nous devons ménager la chèvre et le chou. D'ailleurs, sommes-nous responsables du malheur de vos coreligionnaires ? Il faut vous en prendre aux nazis...

« Ce type était un mur, avait-il raconté à Sarah. Un mur souriant, mais un mur. » Et ce que tous craignaient était arrivé : les Turcs avaient renvoyé le *Struma* vers le large, le bateau avait pris une vague de trop, et avait chaviré, sans chaloupe à bord. Huit cents morts, surtout des femmes et des enfants... Il avait chaviré deux heures après qu'Andreï, à bout de diplomatie, eut finalement arraché un accord de débarquement aux autorités britanniques. Trop tard, trop tard d'une journée.

Andreï ne s'était pas fait faute d'exprimer au haut-commissaire britannique, Sir Harold Mac Michael, ce qu'il pensait de la politique de Churchill en Palestine. « Vous menez une politique pro-arabe qui ne vous rapportera rien. Le grand mufti lève des légions pour combattre aux côtés des S.S., dans les Balkans, et pour ménager quelqu'un qui ne vous en saura jamais aucun gré. Vous laissez des bateaux devenir des cercueils. Ne sommes-nous pas vos alliés naturels ? »

Le haut-commissaire maudissait le jour où les Affaires étrangères l'avaient désigné pour occuper ce poste à hauts risques, et il passa une partie de sa mauvaise humeur latente sur Andreï. « Oui, nos alliés naturels ! C'est sans doute pour cela que la Haganah, votre armée parallèle, se renforce chaque jour ? Pour cela aussi que vous formez – comment appelez-vous déjà ce bataillon d'élite, comme vous dites, dont l'objectif premier est plus de harceler nos forces que de combattre les nazis... oui, le Palmah ? »

Il était cramoisi. « Buveur de whisky », pensa intérieurement Andreï. Il réfléchit qu'il avait sans doute négligé les formes, et il revint au langage de la diplomatie.

— Si la position de votre gouvernement est aussi tranchée, pourquoi alors l'armée britannique nous fournit-elle des armes et des camps d'entraînement ? Pourquoi mon fils s'est-il engagé sur le front, dans les troupes de Montgomery ? « His Majesty's Jewish Force », n'est-ce pas ? À ménager la chèvre et le chou, vous risquez de n'avoir plus ni l'un, ni l'autre, à la fin de la guerre. Ne serait-il pas plus adroit de compter vraiment sur nous, afin de bâtir avec notre peuple des relations franches et amicales, dont vous serez les premiers bénéficiaires, à la fin du conflit ?

— Ah oui ? fulmina le haut-commissaire. Et Abraham Stern, tué les armes à la main alors qu'il complotait un nouvel attentat contre nous, est-ce qu'il jouait aussi la carte de l'amitié entre nos peuples ? Vous me reprochez d'avoir un double standard ? Mais j'en ai autant à votre service ! Vous prétendez que nous devrions collaborer. Et vous préparez en même temps des campagnes de terreur dont nous sommes les premières cibles !

— Nous ne pouvons être tenus pour responsables des agissements de quelques extrémistes !

— C'est exactement ce que me répètent les Arabes modérés qu'il m'arrive de rencontrer, répliqua le commissaire, du tac au tac.

— Je me contenterai de vous répéter, moi, que votre

politique va, et à très court terme, transformer en radi-
caux et les Juifs, et les Arabes. Il serait en fait plus
opportun d'opter pour un camp, et de vous y tenir. Et
jamais les musulmans ne vous feront confiance. Pour
eux, vous êtes et demeurerez un « gentil ».

— Pour vous, dit amèrement le haut-commissaire,
je suis et demeurerai un goy.

La guerre n'allait pas au mieux pour les Alliés en
Palestine. Longtemps ils s'étaient senti menacés par
l'avance allemande en Libye. Si cela allait mieux,
depuis El-Alamein, il ne fallait pas pour autant se laisser aller, et encourager une émigration juive qui finirait
d'exaspérer les Arabes. Le grand mufti de Jérusalem
était parti en Allemagne, accueilli à bras ouverts par
Goebbels. De Berlin, il avait lancé un message à tous
les musulmans du monde : « Je demande aux Arabes
de joindre leurs efforts à ceux du peuple allemand pour
l'extermination des Juifs dans le monde... » Un conflit
local, une dispute de terres dégénérait finalement en
appel au génocide. Telle est, pensa Andreï dans le noir,
la terrible logique des passions.

La population juive elle-même hésitait sur le parti à
prendre. Andreï avait eu en 1940 une longue conversation avec Ben Gourion, pour savoir qui était finalement
l'ami, et qui l'ennemi. Et il se rappelait la formule de
Benjamin, qui résumait parfaitement ce que serait
l'attitude des militants sionistes : « Il faut se battre avec
les Anglais contre les nazis comme si le Livre blanc
n'existait pas, et se battre contre le Livre blanc comme
si la guerre n'existait pas. » D'où l'afflux de volontai-
res juifs dans l'armée britannique – malgré l'attitude
pour le moins méfiante de Churchill à l'égard de la

Palestine juive. Et puis, prédisait Ben Gourion avec perspicacité, ces jeunes gens formés par les Anglais au maniement des armes pourront, le cas échéant, se retourner avec compétence contre ces mêmes Anglais.

Quand il avait rendu compte de sa conversation avec le haut-commissaire à Ben Gourion, ce dernier lui avait signifié que rien ne l'étonnait dans cette politique mi-chèvre mi-chou des Britanniques. « Ils veulent maintenir leur sphère d'influence après la guerre, analysait-il. Continuer à contrôler Suez, à cause du canal, et l'Irak, à cause du pétrole. Mais les nationalismes arabes que nous voyons émerger, toi et moi, depuis deux ou trois ans, leur couperont et Suez, et les champs pétrolifères. »

« De toute manière, avait conclu le leader de la Haganah avec une perspicacité dont peu d'hommes, à l'époque, étaient capables, les Anglais, comme les Français, sont les puissances coloniales d'hier. Après la guerre, ce seront les Américains qui contrôleront le monde – en tout cas, la région. Et c'est avec eux que nous devons pactiser. Nous avons tout ce qu'il nous faut, à New York et ailleurs (et tu en sais quelque chose, n'est-ce pas, Andreï !), pour faire pression sur Roosevelt. »

En cette nuit d'insomnie, Andreï était d'autant plus déchiré que dans sa propre famille l'amour était venu interférer avec la géopolitique. Sa fille Myriam était amoureuse de Fahrid, le fils du mukhtar du village arabe voisin, avec lequel Andreï, depuis son arrivée en 1917, vivait dans une alternance de bonne et de mauvaise intelligence. Fahrid était un garçon sensible, intelligent (« et très beau », ne pouvait s'empêcher de remarquer Sarah), qui avait fort bien compris ce qui sous-tendait le choix de la jeune fille de ne pas prendre de décision. « Cette guerre ne durera pas éternellement, lui avait-il dit. Alors, ne prenons aucun engagement définitif que nous pourrions regretter. Je t'aime et je sais que tu m'aimes, et qu'en même temps, l'un et l'autre, nous portons le poids des haines et des réconciliations, le poids du sang. »

Myriam savait pourtant que la plupart des amis de Fahrid s'étaient engagés dans les rangs pro-nazis. Lui-même était sur la corde raide, entre ce qu'il devait à son amour, et le risque de passer pour un lâche ou un traître.

Le vieux mukhtar lui-même était pris dans la même tourmente. Le très vieil homme qu'il était aurait aimé voir son fils convoler en justes noces – même avec une Juive. Il aurait aimé voir des petits-enfants autour de lui sur son lit de mort. Mais il soupesait, comme tout un chacun, la situation née de la guerre. Un soir de décembre 42, il avait ouvert son cœur à Andreï, avec lequel, au bout de toutes ces années, il avait fini par entretenir des relations amicales, basées sur une estime réciproque, née au milieu des combats.

— La guerre nous sépare, avait mélancoliquement constaté le mukhtar. Arabes et Juifs convoitent la même terre – et Allah sait si cette terre pourtant est inhospitalière ! Vous devriez relire l'histoire : la Palestine est arabe.

— Vous devriez relire l'histoire vous aussi, avait répliqué Andreï. Si le peuple juif a parfois été battu, il n'a jamais été vaincu. Et regardez autour de vous !

D'un geste ample, il avait désigné les vignes qui

montaient à l'assaut de la colline, et, en contrebas, les
alignements d'orangers, lourds de fruits prêts à être
cueillis. La route enserrait la colline comme un bras
passe autour de la taille d'une jolie fille. Tous deux
se rappelaient tous ces morts qui avaient ponctué la
réalisation de la route. « Quelle aberration de devoir
fertiliser la terre avec du sang ! » pensa Andreï.

— Nous devrions nous entendre, dit tout haut le
mukhtar. Unis, nous remettrions les Britanniques à la
mer, et nous ferions de la Palestine l'Éden du Proche-
Orient. Je ne comprends pas les positions du mufti de
Jérusalem. S'imagine-t-il, par hasard, faire de notre
désert un havre allemand ?

— C'est un beau rêve, répondit Andreï. Mais j'ai
bien peur que ce ne soit qu'un rêve. Nous ne remet-
trons pas facilement les Anglais à la mer : ne nous ont-
ils pas asséné la preuve qu'ils savent diviser pour
régner ? Ils nous ont dressés les uns contre les autres,
depuis 1918.

— Je sais, dit le mukhtar. je sais, et je m'en désole.
Nous sommes amis, et nous allons finir par être
ennemis.

Le vieil homme s'était levé. Pour son âge, il était
encore vigoureux, mais il donnait à Andreï l'impression de sécher peu à peu, de se rider comme un vieux
pied de vigne dont il avait d'ailleurs la couleur de
terre brûlée.

— C'est vrai, dit-il à son tour. Telle est la terrible
logique de ces temps sans logique. La recherche du
bonheur nous conduit infailliblement à faire notre malheur tout seuls.

La nuit s'éternisait. Sarah avait fini par se rendormir.

Vers quatre heures, une brise plus fraîche entra par la fenêtre ouverte. Sans bruit, Andreï se leva et sortit.

Au-dessus des collines, le ciel couvait un projet d'aube.

Où pouvait bien être Ben à cette heure ? Et Jeremy ?

Ses pensées revinrent vers Mishka. Que pouvait bien faire « Alberto Jackson » (bon sang, il ne se ferait jamais à ce nom !) à cette heure ? Mentalement, Andreï calcula le décalage horaire. À New York, la soirée devait commencer. Jazz et danseuses. Atmosphères enfumées.

L'esprit d'Andreï dériva. On était en juin 43. Moins de deux mois auparavant, en louvoyant à travers les navires et les sous-marins allemands, et les mines de toutes nationalités, il était retourné à New York avec Ben Gourion.

Il avait été sidéré des changements qui s'étaient opérés chez Mishka. Son ami de cœur, son frère d'armes s'était si complètement américanisé qu'il paraissait avoir complètement oublié les rêves qui étaient les leurs lorsqu'ils avaient fui la Russie du tsar et des soviets. Que restait-il, chez cet Alberto Jackson aux relations bien étranges, du jeune homme convaincu du bien-fondé de l'idéal sioniste ? « Je suis sûr qu'un jour tu reviendras », lui avait lancé Andreï – plus pour l'éprouver que parce qu'il aurait été effectivement convaincu de ce qu'il avançait. Et il avait observé, en douce, Mishka tirer sur son cigare (signe, chez lui, de grande perplexité), et lui répondre que, peut-être, plus tard...

Mais il savait bien qu'il n'en serait rien. Alberto était américain, dorénavant. Juif américain – ce qui impliquait aussi une forme de culpabilité qui s'exprimait dans son empressement à seconder la cause que défendait Andreï, à collecter des fonds, à organiser des réunions. Mais américain. Il avait fait fortune aux « States », comme il disait, il y avait trouvé femme, son fils était officier dans l'armée U.S... En même temps, il camouflait son malaise, face à des idéalistes comme Andreï, en se rebiffant souvent, et avec véhémence : « Allons, disait-il à son ami, ne te leurre pas... Notre futur État, quand il verra le jour – s'il voit le jour –, le devra autant à ton acharnement sur le terrain qu'à des gens comme moi, qui ont bâti des fortunes ailleurs qu'en Palestine, qui ont trouvé la terre promise ailleurs que sur les rives du Jourdain. Sans notre argent, sans nos réseaux, vous disparaîtriez du jour au lendemain.

— Non, répliquait Andreï ; mais ce serait sans doute un peu plus long.

— Tiens, avait fini par trancher Alberto en sortant son carnet de chèques, voici cinquante mille dollars, pour la Cause. Cela te convient ?

Andreï était toujours stupéfait de l'aisance avec laquelle Alberto maniait l'argent. Lui qui vivait au jour le jour, dans une économie de communisme primitif qui s'apparentait plus au troc qu'aux échanges modernes, voyait l'ancien voyou d'Odessa manipuler des sommes qui lui paraissaient astronomiques avec la même facilité que du papier journal. Et il savait bien ce qu'il ferait de ces cinquante mille dollars – il savait en même temps que, sur le fond, Mishka n'avait pas tout à fait tort, et que sans le soutien des coreligionnaires américains, la Cause risquait de s'ensabler, et pour longtemps, dans les marécages de la mer Morte.

Il le savait, il savait qu'Alberto savait qu'il savait,

mais le savoir le mettait de si méchante humeur qu'il ne prit même pas la peine de remercier son ami. Mieux – ou pire –, il tenta de reprendre la main.

— Crois-tu peut-être que je doive te remercier ? Vous vous achetez pour pas très cher une bonne conscience. Pendant que vous regardez les girls de vos spectacles, d'autres meurent dans les collines de Palestine et d'ailleurs. Ils meurent pour que les Juifs du monde entier puissent marcher la tête haute – oublier le complexe du pauvre Juif du Shtetl. Vous l'avez compris, d'ailleurs, mais un peu tard. Et c'est pour ça que nous allons à la catastrophe, en Europe.

Alberto se rebiffa. Les sentiments réels de son ami transparaissaient sous sa colère plus ou moins jouée. Mais tous deux avaient choisi de mettre de côté leurs vrais sentiments, et de s'offrir une bonne prise de bec qui permettrait, à l'un de ne pas se sentir coupable, à l'autre de ne pas se sentir redevable. C'est compliqué, l'amitié...

— Ne sais-tu pas que pour nous, l'Europe paraît à des milliers d'années-lumière ? Tous mes amis sont des Juifs de la toute première génération d'exilés. C'est à peine si, depuis deux ans, quelques réfugiés, allemands pour la plupart, nous racontent des histoires abominables. Presque personne n'a voulu y croire – pas pour jouer à l'autruche, mais parce que c'était trop invraisemblable. Ne nous reproche pas de ne pas nous être réveillés avant : la diaspora européenne non plus n'a pas cru à Hitler – pas avant la Nuit de Cristal. Et même à ce moment-là, la plupart ont préféré s'imaginer que c'était le fait de quelques excités... J'en ai même connu qui disaient du bien du nouveau chancelier – un homme d'ordre qui saurait mater les communistes et les syndicats rouges...

Alberto s'arrêta au milieu de sa phrase. Comment avouer que très vite, il avait pensé, et pas mal de ses amis aussi, que les réfugiés du régime nazi ne racontaient ces horribles histoires que pour mieux se faire plaindre – ou, pire, pour siphonner à leur seul avantage les dons de la communauté américaine ? Il lui avait fallu cette visite d'Andreï – aujourd'hui, 11 mai 1942, alors qu'en Europe la machine de mort tournait déjà à plein régime – pour se persuader qu'il y avait un problème, là-bas, dans des villages polonais que les Allemands rebaptisaient, et qu'Oswiecim ne serait plus jamais connu, dans le monde entier, que sous le nom germanisé d'Auschwitz.

— Si tu dis vrai, répliqua doucement Andreï, pourquoi étiez-vous si nombreux, aujourd'hui, à l'hôtel Biltmore, à m'écouter parler de la création prochaine de l'État d'Israël ? N'est-ce pas parce que vous avez à nouveau choisi de rêver, au lieu d'en rester au pragmatisme (c'est bien comme ça que l'on dit, ici, n'est-ce pas) de votre nouvelle patrie ?

La conférence s'était en effet déroulée au mieux. Ben Gourion avait convaincu Weizmann d'y participer, de prêcher l'indépendance, au lieu de se contenter d'un protectorat sous l'égide des Anglais. Après coup d'ailleurs, dans une chambre discrète de l'hôtel, les deux leaders s'étaient empoignés sauvagement, Weizmann reprochant à Ben Gourion (non sans raison) de l'avoir manipulé. Andreï, souriant à moitié dans sa barbe, était intervenu pour calmer une dispute qui n'avait pas lieu d'être : « Vous parlez de la même chose, les avait-il sermonnés. Alors, qu'importe qui sera le premier président du futur État ? L'essentiel n'est-il pas qu'il y ait un État ? L'essentiel n'est-il pas qu'il y en ait un qui se présente comme l'interlocuteur des Britanniques, pour les apaiser et les entortiller, pendant que l'autre mènera le combat sur le terrain – contre les Britanniques ? »

Il était d'une telle mauvaise foi, en disant cela, que les deux chefs éclatèrent de rire. Il était évident que les rôles étaient écrits d'avance. Weizmann était un politique, Ben Gourion était un général.

CHAPITRE 4

Palerme

« Il n'y a pas d'heure pour les braves », dit à voix haute Jeremy en jetant un coup d'œil sur sa montre-bracelet.

Comme beaucoup de braves au moment de l'action, il éprouvait le besoin de se réfugier derrière des phrases simples, des locutions proverbiales, pour se dissimuler l'angoisse qui montait.

— Eh bien, quand il faut y aller..., soupira Ben.

Lui aussi, visiblement, préférait, cette nuit, en rester aux poncifs.

Joe Black seul ne dit rien. Il observa ses deux compagnons, et sourit – d'un sourire éclatant qui mit brièvement un peu de lumière dans ce crépuscule sans lune.

Le sergent qui les avait accompagnés en Jeep jusqu'à Bizerte les regardait, tous trois, habillés en pêcheurs-paysans italiens, en se demandant si c'était bien là des héros. Ils paraissaient bien jeunes ! Bon sang, et en plus, ils puaient déjà le poisson (une attention délicate des petits futés des Service Action, qui soignaient le déguisement jusqu'à l'odeur même) ! Et quel hurluberlu, dans le haut commandement, avait eu l'idée de confier à un Noir une mission secrète ? Il était connu que ces gens-là étaient incapables de quoi que ce soit...

Le sergent était américain, et originaire de Birmingham, Alabama. Il n'en était même pas à savoir que ses idées s'appelaient des préjugés.

Il poussa simplement un ouf de soulagement en constatant que celui-ci n'embarquait pas. « Allons ! siffla-t-il entre ses dents, pendant que Ben et Jeremy serraient Joe contre leur cœur, le haut commandement n'est pas tout à fait fêlé. »

Cela leur avait déchiré le cœur. Mais à la seconde où le général avait vu Joe Black, tous trois avaient compris que le rêve du Noir s'arrêterait là.

— Impossible, leur avait signifié l'officier. Un Noir en Sicile, ça se repérerait plus facilement qu'un raisin de Corinthe dans du riz au lait.

Le général venait lui aussi d'un État du Sud – Jackson, Mississippi –, et la rudesse des manières vis-à-vis d'un homme de couleur lui était en quelque sorte consubstantielle.

— Tout ce que je peux faire, avait continué le général en mâchouillant nerveusement son cigare éteint, c'est vous autoriser à accompagner ces jeunes gens jusqu'à Bizerte.

Il les regarda.

— C'est là que vous embarquerez pour votre périple, leur expliqua-t-il. Et maintenant, sergent...

Joe Black se redressa, regarda le général bien en face et salua si réglementairement qu'il était difficile d'y voir autre chose qu'un mépris glacial.

— Je comprends très bien, mon général. J'attends ces messieurs au mess.

Le capitaine du sous-marin ne fit, lui, aucun commentaire. Des commandos, il en avait chargé des dizaines, toujours largués en pleine nuit dans des dinghys instables, près de plages hostiles. Invariablement, il restait sur la dunette du sous-marin, en les regardant s'éloigner vers la côte, jusqu'à ce que, brièvement, il voie luire une lampe-torche, quand les partisans étaient au rendez-vous, ou entende la pétarade des mitrailleuses lourdes, quand il y avait eu maldonne.

Et invariablement, il rentrait dans le sas, ordonnait la plongée rapide, et envoyait un message codé qui racontait la réussite ou l'échec du débarquement.

Quand ils furent à bord, il leur indiqua trois cabines dont les couchettes étaient déjà défaites.

— Les hommes qui les occupent sont de quart cette nuit, leur avait-il dit. Alors, profitez-en pour dormir, si vous pouvez. Nous en avons pour quelques heures.

Jeremy en profita pour se répéter les instructions : « Vous serez débarqués au nord du golfe de Castellamare. Des pêcheurs de Terrasini vous prendront en charge. De là, on vous transbahutera dans une petite localité du nom de Carini. Un chef mafieux, un certain Don Carlo Vizinni, auquel vous avez été recommandés, vous prendra en charge. Le reste dépendra de vous... »

Belle recommandation ! pensa Jeremy. Il repassa dans sa tête les formules de politesse, en italien, dont il allait devoir user. « Et penser à l'appeler Don Carlo gros comme le bras ! » se dit-il en s'endormant.

Il était au beau milieu d'un rêve dont il ne se souviendrait jamais quand le capitaine entra et le secoua doucement par l'épaule. « C'est l'heure », disait-il – sans pouvoir s'empêcher d'admirer ces jeunes gens capables de s'endormir à quelques heures d'un danger mortel. Ben lui aussi en écrasait consciencieusement lorsque le capitaine était venu le réveiller.

— De quoi rêvais-tu ? lui lança Jeremy en voyant émerger sa tête ébouriffée dans la coursive du sous-marin.

— Qu'est-ce que tu crois ? Je pensais à cette fille que nous avons vue sur la plage, à Hammamet, il y a quatre jours. Tu sais, cette auxiliaire qui travaillait au grand quartier général...

— Et qui t'a posé un lapin, se rappela Jeremy. Tu parles si je m'en souviens !

— Si ces gentlemen consentaient à redescendre sur terre... (Le capitaine avait des intonations fort sarcastiques.) La mer est mauvaise, les prévint-il. Et il fait un temps de chien. C'est aussi bien, d'ailleurs. Les sentinelles auront autre chose à faire qu'à guetter la phosphorescence des sous-marins. Mais pour danser, vous allez danser.

Ce ne fut déjà pas facile de descendre dans le dinghy. Une corde avait été attachée à un anneau scellé dans la tourelle, et les deux amis devaient se laisser glisser, le long du flanc dodu du sous-marin, jusqu'au petit canot pneumatique que les vagues envoyaient à chaque seconde à l'assaut de la coque. Jeremy, le premier à s'y risquer, se retrouva en situation périlleuse, les deux mains crispées sur la corde, les pieds déjà dans le dinghy qui avait choisi de vivre sa vie et de s'écarter du sous-marin, au plus loin de l'écoute qui le maintenait rivé au gros monstre de métal. « Ça commencerait bien, si je devais prendre un bain dans les cinq premières secondes de la mission ! pensa-t-il. Et encore mieux

si je me noyais dans les cinq premières minutes ! » La
perspective du ridicule, plus que la peur du danger,
l'encouragea à faire un effort. Patiemment, il ramena
la frêle embarcation contre le sous-marin, et s'y installa. Il leva alors la tête, et ce fut pour deviner, dans
l'ombre, le visage épanoui de Ben.

— Moïse sauvé des eaux, hein ? lança-t-il au New-
Yorkais.

— Fais le malin, repartit Jeremy. Montre-nous ce
que tu sais faire !

Il se promettait une pinte de rire, en regardant Ben,
à son tour aux prises avec les difficultés de la descente.

Mais contre toute attente, et à son grand désappoin-
tement, Ben s'en tira avec les honneurs.

Les vagues étaient véritablement monstrueuses, et
pendant un instant, les deux garçons se demandèrent
où était la terre. Ce fut Ben qui, profitant d'une vague
haute qui les amenait au-dessus du gouffre, distingua
le premier la masse noire de la Punta Raisi, sur la gauche. Il leur fallait donc souquer ferme, en s'orientant
légèrement à droite, pour retrouver Terrasini, et les
« amis » qui étaient censés les y attendre.

Soudain, une lumière s'alluma, droit devant eux. Un
fanal vacillant dans la tempête, mais qui leur fit chaud
au cœur. Ils ramèrent avec force, trempés jusqu'aux os,
ne s'arrêtant, parfois, que pour écoper l'eau que le frêle
esquif embarquait par grandes louches.

La mer s'aplanit enfin : ils entraient dans l'aire abri-
tée du port.

La petite lampe, accrochée à l'extérieur d'une maison de pêcheurs, se balançait toujours dans le vent.

Ils distinguèrent alors, masses plus sombres sur cette

mer de suie, deux lourdes barques qui se dirigeaient vers eux.

Instinctivement, sans se concerter, Ben et Jeremy plongèrent la main dans la poche de leurs vestes détrempées. Ils avaient tous deux la même arme, un browning à neuf coups. Huit pour les ennemis, la dernière pour eux.

La voix glissa sur les eaux dans l'aube naissante.

— *Tutto bene*, cria-t-elle.

Et Ben et Jeremy surent que leur débarquement au moins s'opérerait sans encombre.

Ils grelottaient, mais on ne leur donna pas le temps de s'en préoccuper.

— *Presto*, les sermonna l'homme qui paraissait commander le petit groupe. *Presto, prego...*

Ils traversèrent comme des ombres la plage encombrée de lourdes ancres, puis le hameau de pêcheurs, évitant la bourgade elle-même. De l'autre côté de Terrasini, ils trouvèrent deux autres hommes qui les attendaient, à cheval, avec deux bêtes sellées.

Jeremy les approcha avec une certaine appréhension. L'équitation ne faisait pas partie de sa formation de citadin.

— Par la gauche, lui souffla Ben. Monte par la gauche.

En digne fils d'Andreï Parocki, ex-hussard du tsar, Ben n'ignorait rien des chevaux. Combien de fois lui avait-on raconté que l'un des premiers exploits de son père, en arrivant au kibboutz en 1917, avait été de voler des montures au village arabe de l'autre côté de la colline, et de partir pour Jérusalem accueillir les troupes britanniques qui venaient de délivrer la ville ?

Heureusement, c'étaient des bêtes de petite taille, au sabot dur, à la jambe nerveuse. « Un peu trop nerveux », pensa même Jeremy en sautant en selle avant d'aller vers son destin.

Le jour se décidait à se lever. Ils partirent au grand trot à travers des plantations d'orangers en fleur, dont le parfum suave ramena Ben aux vergers de Deganya. Où étaient son père et sa mère à cette heure ? Quand parviendrait-il à leur donner de ses nouvelles ?

Les quatre cavaliers chevauchèrent une bonne heure, par des chemins creux enterrés entre les orangeraies, avant d'atteindre Carini, où leurs guides les firent entrer dans une cour pavée.

Un homme les attendait. Il était plutôt petit, massif, avec une tête bourrue barrée d'une moustache conquérante, poivre et sel. Il était vêtu de l'inévitable costume de velours noir qui, dans les îles méditerranéennes, est devenu au fil des siècles l'uniforme chic des hommes de poids.

— *Buon giorno*, leur lança-t-il amicalement. *Sono* Don Carlo Vizinni.

Comme par enchantement, un autre homme, qui paraissait presque la copie conforme, avec quelques années de moins, du premier se matérialisa à côté du chef de la Mafia sicilienne.

— Mon frère ne parle pas vraiment votre langue, dit-il en anglais. Mais j'imagine que vous le comprenez. Je m'appelle Renato Vizzini.

— *Tutto va bene*, dit Jeremy avec un accent italien qui fleurait bon le Bronx. Nous sommes très honorés que vous ayez pris la peine de nous accueillir personnellement, continua-t-il en s'adressant directement à Don Carlo.

— En vous accueillant, j'accueille l'armée américaine tout entière, dit le vieux mafioso.

Jeremy connaissait cette espèce d'hommes. Comme Johnny Cohen, on ne savait jamais s'il plaisantait ou s'il était sérieux. C'est toujours un avantage, dans une tractation, lorsque votre interlocuteur est en permanence obligé de se demander si c'est du lard ou du cochon.

Ils le suivirent dans la maison – une maison de maître où une vieille femme vêtue de noir des pieds à la tête leur proposa un vrai petit déjeuner américain, y compris des tranches de bacon que Ben, à l'exemple de Jeremy pour qui la question ne paraissait pas se poser, se força à avaler, ne voulant pas mécontenter leur hôte, ni l'indisposer en affichant une judaïté qui, dans ces contrées ultra-catholiques, est signe de traîtrise.

Mais le jus d'orange – et là, il était expert – était de première qualité.

Renato les regardait manger en approuvant de la tête.

— J'ai un peu vécu en Amérique, leur expliquat-il. Et je rêve d'y retourner. C'est moi qui ai composé votre « breakfast ».

« Inutile, se dit Jeremy, de nous expliquer qu'il a été expulsé, et pour quelles raisons. Et inutile à moi de lui signifier que j'ai compris. Ce qui va de soi ne doit jamais être explicité. »

— C'est excellent, et inattendu, remercia-t-il.

La vieille dit quelque chose en patois sicilien – une langue qui avait presque des intonations arabes. Le vieux Don Carlo acquiesça.

— Mon frère vous a fait préparer des vêtements de

rechange, dit-il. Quand nous avons vu le temps, hier soir, nous avons pensé que vous arriveriez trempés.

— Oh, nous sommes presque secs, dit Ben en anglais.

Ils suivirent néanmoins Renato dans une chambre où les attendaient, étalés sur un lit, deux costumes complets, à rayures discrètes, comme on pouvait en trouver chez les meilleurs faiseurs.

— Une voiture va vous amener à Palerme, les prévint Renato. Il faut vous habiller en citadins. Vos tenues de pêcheurs passeraient mal, là où l'on va vous loger.

L'homme qui conduisait aurait aussi bien pu être une statue de marbre. Durant les trente minutes que leur prit la descente vers la capitale de la Sicile, sur une route effroyablement pentue, en terre battue, pleine de virages épouvantables qui les envoyaient l'un sur l'autre en les ballottant comme des marchandises, il ne leur adressa pas une seule fois la parole. Ignorant quelles langues il pouvait bien parler, Ben et Jeremy l'imitèrent, et ne dirent pas un mot, sinon pour commenter, au passage, le costume parfois chatoyant des paysans et des paysannes qui descendaient vers Palerme dans des carrioles peintes de couleurs vives, tirées par des chevaux faméliques.

L'auto s'arrêta dans un grand chambardement de freins malmenés devant un hôtel à la façade sévère. « Grande Albergo delle Palme », lut Jeremy. « Bon sang ! J'ai l'impression que nous avons droit au traitement de première classe ! »

Le hall était immense – et peuplé d'officiers allemands. Ben eut un mouvement de recul, mais Jeremy le prit fermement par le bras. « Allons ! l'admonesta-t-il. C'est au milieu des loups qu'on nous cherchera le moins. »

Le chauffeur était entré avec eux, portant une valise qui paraissait lourde. Il s'adressa au concierge et dit quelque chose, très vite, que Jeremy ne comprit pas.

Le concierge les regarda, et s'inclina imperceptiblement. Les deux garçons se dirent qu'ils étaient en terrain miné : qui était ami, qui pouvait être ennemi ? Autant se laisser flotter...

On les conduisit, par des couloirs interminables, dans une chambre si haute de plafond qu'elle aurait pu être dédoublée. Le chauffeur posa la valise sur la table, les salua et sortit en refermant la porte derrière lui.

— Bon Dieu, je rêve ! s'exclama Ben en se jetant sur l'un des deux grands lits, dont le matelas céda mollement sous son poids : l'hôtel était luxueux, mais la literie typiquement sicilienne.

— Tu l'as dit ! approuva Jeremy en écho.

Ils n'avaient pas peur de parler anglais : ils avaient tous deux remarqué, en entrant, que les portes étaient quasiment matelassées – en tout cas, assez épaisses pour qu'aucun son ne filtre.

Jeremy ouvrit la valise : il y avait là de quoi habiller exactement deux jeunes gens élégants. Et, souci suprême, qui en disait long sur le degré d'organisation, les mesures des vêtements – comme celles des costumes qu'ils portaient – étaient exactes, au centimètre près.

— Traitement de luxe, constata Jeremy. Ça commence bien.

— J'ai juste peur du retour de manivelle, objecta Ben. S'ils sont si prévenants avec nous, c'est qu'ils attendent quelque chose en retour. Et le général nous a bien recommandé de tout obtenir, et de ne rien promettre.

— Je voudrais bien l'y voir ! grommela Jeremy entre ses dents. D'ailleurs, nous avons d'ores et déjà réussi, et sans avoir à rien négocier : il est évident qu'ils ont décidé de nous aider.

— Et pourquoi feraient-ils ça sans négocier ? s'enquit Ben, à qui rien ne paraissait jamais acquis d'avance, sinon au terme de calculs compliqués dont on ne savait jamais quoi attendre.

— Parce que Mussolini est un dictateur à part entière, qui ne tolère pas le moindre accroc au pouvoir suprême. Et que la Mafia est, depuis le Moyen Âge, un contre-pouvoir. Le Duce s'est très vite retrouvé labellisé "empêcheur de trafiquer en rond". » Et comme Ben ouvrait des yeux comme des soucoupes, tout sidéré de trouver chez Jeremy des compétences qu'il ne soupçonnait pas : « Ne crois pas, ajouta ce dernier, que les chefs mafieux, pas plus ici qu'aux States, passent leur temps à des activités illégales et répréhensibles. Leur vocation première, c'est d'aider les pauvres *contadini*, les paysans dépourvus de tout – ou les immigrants en butte aux maniaqueries de la police et des propriétaires. Ce que vous avez tenté de réaliser en Palestine – un pouvoir parallèle à celui des autorités coloniales de tutelle –, la Mafia l'a fait depuis six ou sept siècles, je ne sais plus.

« Évidemment, le malheureux journalier à qui l'on rend un service – une pression "amicale" exercée sur un usurier trop gourmand, une fille séduite que le jeune homme refuserait d'épouser, un épicier assez salaud pour se faire payer en nature – que sais-je, moi... –, eh bien le malheureux est enchaîné, à vie, par la reconnaissance qu'il doit au "parrain" qui lui a servi de second père, lui que sa pauvreté mettait en tutelle permanente.

— Très beau, approuva Ben. Tu parles comme un livre.

— Ce que je te dis là, continua Jeremy sans prendre la peine de relever l'ironie, c'est ce que répètent à longueur d'année les truands les plus brutaux, qui sont aussi la providence de tous ceux que la vie a malmenés. Les choses ne sont jamais noires ou blanches...

— Arrête, tu vas me faire pleurer... En attendant, à part l'opportunité de renverser Mussolini, qu'est-ce que la Mafia attend de nous ?

— Je crois que la partie se joue aux États-Unis, soupira Jeremy. Tu te rappelles la lettre de mon père ? Eh bien, en filigrane, il y était écrit que le gouvernement a passé un accord avec le "capo di tutti capi", le Parrain suprême, Lucky Luciano. Il est en taule actuellement : ce qui se joue ici, c'est la libération d'un truand sicilien emprisonné dans l'État de New York.

« Et par ailleurs, ajouta-t-il rêveusement, je crois qu'ils trouveront divers avantages au débarquement sur leurs terres de milliers de "boys" suréquipés, pleins de cigarettes jusqu'au cou, et friands de filles faciles. Tu serais dans leur genre de business, est-ce que tu ne favoriserais pas l'arrivée – en plein été, saison morte ici –, de tant de consommateurs fortunés ? Dans quelles poches crois-tu que la solde des Américains va passer ?

On frappa soudain à la porte. Jeremy fit un signe à Ben, qui sortit son arme et se plaqua contre la cloison.

Les trois hommes qui attendaient dans le couloir auraient pu être engagés par Hollywood à la seconde tant ils avaient la sale gueule de l'emploi.

— On vous attend, articula difficilement le plus massif des trois, dans un anglais maladroit. Il avait une haleine qui empestait le fromage de chèvre et la vinasse violette.

— Qui nous attend ? interrogea Jeremy.

— Nous ne sommes pas autorisés à vous le dire. Juste à vous amener.

Ils sortirent. Le vent était tombé, et la journée était décidément très belle.

— J'ai une faim de tous les diables, dit Jeremy à mi-voix. Ma montre a pris l'eau, mais mon estomac me dit qu'il ne doit pas être loin de midi.

— Crois-tu qu'il soit prévu de nous nourrir, ou comptent-ils sur notre inanition pour remporter les négociations ? souffla Ben.

Le plus velu des trois gorilles leur jeta un regard noir, que Jeremy soutint avec fermeté. En matière de truands, il avait déjà tout vu, dans son enfance, et rien ne l'impressionnait plus.

Ils remontèrent lentement l'interminable via Roma, gagnèrent le centre-ville et, obliquant légèrement à droite, passèrent derrière la fontaine Pretoria. Là, leur guide les fit passer sous une voûte discrète. De l'autre côté, dans un patio ombragé, à l'abri du soleil de midi qui tapait déjà dur, plusieurs tables avaient été dressées, où déjeunaient quelques bourgeois, quelques fascistes en uniforme, et deux officiers allemands qui tentaient

de communiquer avec leur serveur dans un italien hési-
tant.

Ben et Jeremy marquèrent un imperceptible mouvement d'arrêt.

— *Avanti*, leur intima leur guide.

À l'intérieur du restaurant, il faisait délicieusement
frais.

Ils montèrent tous les cinq au premier étage.

À une vaste table, solitaire, Don Carlo, une ample
serviette nouée autour du cou, déjeunait.

Ben jeta un coup d'œil circulaire. Dans un coin,
deux mines patibulaires, le nez plongé dans leurs spaghettis, s'efforçaient de se faire oublier. Don Carlo était
insouciant, mais pas téméraire.

— Ah, mes amis ? s'exclama-t-il. Je vous attendais.
Luigi, cria-t-il au patron, qui, obséquieusement, se pré-
cipita ; Luigi, deux couverts et des pâtes pour mes
amis.

Ben surtout n'en revenait pas. Cet homme, qui lui
avait fait si peu d'impression, ce matin, à Carini, semblait, quelques heures plus tard, occuper toute la salle
tant il irradiait de puissance mauvaise.

Jeremy, sans plus se faire prier, saisit une chaise et
s'assit en face du « parrain ». Don Carlo les regarda
par-dessus sa fourchette, où les pâtes étaient savam-
ment enroulées.

— Vous allez voir, dit-il, Luigi tient le meilleur restaurant de la ville. Et il fait les pâtes lui-même, savez-
vous... Un bon conseil : ne vous fiez pas à un restaurateur qui achèterait ses pâtes.

Il enfourna une bouchée qui aurait étouffé Gargan-
tua. Et il trouva tout de même la force, en crachotant
des particules de sauce tomate :

— Goûtez ce vin, goûtez-le. Il pousse sur les pentes de l'Etna, et il a un arrière-goût de soufre qui le distingue de tous les autres.

Ben s'y connaissait en vins : il n'avait connu Deganya qu'entouré de vignes adultes, et il avait eu bien du mal à imaginer les collines de cailloux où patiemment les colons de la seconde Alyah avaient, un à un, planté de jeunes ceps. Et il dut reconnaître que le vin de Don Carlo était un nectar supérieur à tout ce qu'il avait pu boire dans sa vie. Mentalement, il se promit d'en toucher deux mots à son père – s'il le revoyait.

Les pâtes arrivèrent – un plat gigantesque, où Luigi, avec une dextérité sidérante, plongea deux grandes fourchettes pour leur servir à chacun, en une seule fois, une portion de spaghettis à étouffer un éléphant napolitain.

Jeremy s'y plongea avec délices.

Et dès la première bouchée, il eut une incroyable sensation de « déjà-vu », déjà goûté. Que lui rappelaient donc ce parfum de sarriette, cette saveur un peu piquante du *parmigiano*, et cette texture mi-cuite, *al dente* comme ils disent ? Des années en arrière, quelque part à New York... Il sentait, dans son souvenir, la présence de son père...

Et la scène lui revint : un restaurant de Little Italy, où Alberto l'avait un jour amené, et où il lui avait présenté un Italien qui, comme Don Carlo, se protégeait le plastron derrière une ample serviette à carreaux, déjà en grande partie souillée de sauce...

Lucky Luciano ! La seule fois de sa vie où il avait rencontré le parrain de la Mafia new-yorkaise.

Dès qu'il eut reconnu le goût de ces spaghettis immergés dans la sauce tomate, que lui avait servis ce restaurateur si obséquieux, lui aussi, sans se demander pourquoi ce souvenir le rendait si heureux – de cette sorte de bonheur acquis au sein de la nostalgie la plus sombre –, aussitôt le décor d'une Italie pittoresque, les cartes postales mal imprimées collées sur les murs, un tableau représentant l'Etna, et un filet de pêche accroché à une poutre, vint comme un décor de théâtre s'interposer entre la réalité et sa mémoire ; et, avec le restaurant, le visage de son père, la rue grouillante de mômes où ils s'étaient aventurés, tout ce quartier qui ostensiblement refusait de parler anglais, puis, par degrés, comme s'il s'élevait en avion pour ne plus y revenir, il revit tout New York, jusqu'à l'embouchure de l'Hudson, jusqu'à la statue de la Liberté – qui s'éloignait dans son souvenir au fur et à mesure qu'il retombait dans la situation présente.

Ben, moins sujet que Jeremy à l'extase spaghettistique, regardait avec inquiétude son ami qui engloutissait ses pâtes avec une insouciance absolue.

Don Carlo parlait, avec une volubilité ponctuée de postillons colorés, de la Sicile, des filles, de la pauvreté des paysans – que la guerre n'arrangeait guère...

Jeremy, tout en s'enfilant de larges rasades de vin volcanique, ne pouvait s'empêcher d'admirer l'aisance du vieil homme, qui attendait visiblement l'ouverture, et le moment propice pour entamer de vraies négociations. Quant à lui, il préférait, à tout prendre, qu'au moment crucial leur interlocuteur le croie un peu gris. Il se méfierait moins.

Don Carlo s'arrêta un instant de parler, et, pointant sa fourchette sur Ben, il lui dit, comme en blaguant, dans un anglais parfait, quoique rocailleux :

— Savez-vous que la Sicile a été occupée par les

Arabes ? On appelle même, à Palerme, certaines des constructions médiévales « le style arabo-normand » – parce que nous avons aussi été occupés par les Normands – les Anglais de l'époque, quoi...

Il fixa froidement le jeune homme.

— Et nous les avons jetés à la mer, les uns et les autres. Les Arabes et les Normands. Notre terre est pauvre, elle est aride, mais elle est à nous.

Et, reprenant une seconde l'italien, il articula doucement :

— *Ebreo, si ?*

Jeremy le regarda sans frémir. Don Carlo cligna de l'œil à son adresse, et sourit largement.

— Oui, tous rejetés à la mer. Et même les Français. Vous n'avez pas entendu parler des « vêpres siciliennes » ?

Jeremy était au courant. On ne passe pas son adolescence au milieu des Italiens de tout poil sans entendre parler des hauts faits nationaux. Mais il ne manifesta rien : le « parrain » éprouvait manifestement une réelle volupté à son récit. Quant à sa soudaine aisance en anglais, son flair en ce qui concernait Ben (et peut-être bien lui aussi), il ne s'en étonna guère. Il savait, d'après les rapports consultés fébrilement la veille de leur départ, que Don Carlo avait passé plusieurs années aux États-Unis. La décision initiale de ne parler que l'italien était une manière de leur faire comprendre qu'ils étaient sur son territoire.

Quant à Ben, bien qu'il n'eût pas compris le dernier mot italien de Don Carlo, il en avait saisi l'intention. Il se sentait secoué, déstabilisé par les allusions transparentes et par le soudain changement de langue de leur interlocuteur. Il avait l'impression désagréable que

Don Carlo lisait à travers lui, et avait décrypté ses origines, son histoire, et jusqu'à la couleur des yeux de sa mère.

— Les Français eux aussi sont venus en Sicile, reprit le patriarche. C'était durant la période flamboyante du Moyen Âge – le 30 mars 1282, exactement. À un signal donné, les Siciliens conjurés entrèrent de force dans les maisons qu'occupaient les envahisseurs, et les poignardèrent, les égorgèrent – tout à l'arme blanche, forcément, hein, à l'époque...

Il but une longue gorgée de vin, la savoura, les yeux clos.

— Quant à ceux dont on ne savait trop, en pleine nuit, s'ils étaient ou non français, on leur faisait prononcer un mot – le mot « pois chiche [1] » – et quand par malheur ces imbéciles le prononçaient mal, crac ! on leur coupait la gorge.

Il se tourna vers la fenêtre, regarda le vin qui miroitait dans son verre.

— Des fleuves de sang, dit-il d'une voix rêveuse, presque gourmande.

Il se tourna soudain vers Jeremy.

— Que puis-je faire pour vous, mon ami ? lança-t-il soudain.

Jeremy s'attendait à cette chute. Le récit cruel, narré d'une voix froide, était une sorte de mise en train. Don Carlo s'était préparé à revenir à l'actualité. Sur son terrain – celui du sang.

— Que pouvons-nous faire pour vous ? répliqua-t-il en écho.

---

1. En italien, *cicero* – prononcez « chichero ».

Quand ils se retrouvèrent dans la via Maqueda, Ben et Jeremy furent, d'un coup, pris dans la torche invisible de la chaleur de l'après-midi. La conversation les avait épuisés – et le vin, aussi ! Don Carlo paraissait, au fur et à mesure des rasades qu'ils se versaient les uns les autres, de plus en plus massif, granitique. Jeremy avait l'impression, au contraire, de se dilater, de laisser l'épée de mots de l'adversaire se faufiler dans sa chair. Deux ou trois fois il lui avait fallu se ressaisir, se reprendre – comme on fait une reprise à un bas déchiré qui menace de filer.

— Marchons un peu, souffla Ben à mi-voix. Je suis épuisé. J'ai besoin d'air.

La veste sous le bras, ils remontèrent, au petit bonheur, l'inévitable rue Victor-Emmanuel, et se retrouvèrent bientôt dans un vaste jardin au-dessus duquel d'immenses palmiers se balançaient avec nostalgie. Ils le traversèrent lentement, tentant de profiter de l'ombre – mais l'ombre des palmiers reste chaude. Au bout de la place, ils tombèrent nez à nez avec un palais imposant, devant lequel stationnaient des voitures noires à l'aspect inquiétant. Ils obliquèrent vers la gauche.

Ce fut Ben qui le dit le premier.

— C'est incroyable, murmura-t-il. Ça me fait penser à Jérusalem.

Deux dômes peints en rouge, de construction mauresque, devant eux, donnèrent soudain une crédibilité étrange à son sentiment. Pour un peu, il se serait senti transporté en Palestine par un enchanteur.

Une pancarte les renseigna.

— *Chiesa San Giovanni degli Erimiti*, lut Jeremy. L'église Saint-Jean-des-Ermites. Curieuse architecture.

— Ce doit être ça, le style « arabo-normand » dont

notre mafieux préféré nous a rebattu les oreilles. Entrons voir...

L'église était minuscule, bâtie sans doute à une époque reculée où Palerme était une bourgade. Mais elle contenait, comme un minuscule cloître, un petit jardin touffu, ombragé, qui rassemblait toutes les essences d'agrumes, orangers, citronniers, pamplemoussiers même, balançant au-dessus de leurs têtes l'amorce de fruits géants.

Une jeune femme blonde et son amoureux s'embrassaient sous les frondaisons. Mais en voyant arriver les deux jeunes gens, ils s'éloignèrent vivement.

Un petit banc de pierre invitait à la méditation. Ben et Jeremy s'y vautrèrent plus qu'ils ne s'y assirent.

Une imperceptible brise les ranima, en agitant contre eux leurs chemises trempées de sueur.

— Alors, qu'est-ce que tu en dis ? commença Ben.

Était-ce à cause de la langue ? il se sentait, depuis le matin, le subordonné de son ami.

Et Jeremy, qui le ressentait aussi, se dit, au même instant, qu'il devrait trouver un moyen d'égaliser les compétences. D'ailleurs, il avait besoin de l'avis de Ben.

— Et toi ? répliqua-t-il assez lâchement.

— J'en dis qu'il a l'air assez truand pour être honnête, lâcha Ben.

— Ça, c'est très finement observé, admit Jeremy. S'il s'était montré outrageusement désintéressé, je n'y aurais pas cru une seconde.

— Qu'est-ce que c'est, sa priorité, à ton avis ?

— La libération de Luciano, répondit Jeremy sans hésiter. Il doit avoir une dette.

— Et puis après ?

— Après ? Oh, nous allons tout bonnement lui permettre de reprendre complètement le pouvoir en Sicile
– et ailleurs. Parce que l'armée américaine ne s'arrê-
tera pas en Sicile. Et lorsque nous serons passés dans
la botte italienne, quand nous remonterons sur Naples,
nous traînerons la Mafia avec nous. Jusqu'à ce qu'ils
fassent leur jonction avec la Camorra. Et alors là...

— C'est quoi, la Camorra ?

— La Mafia napolitaine. Al Capone venait de là.
C'est pour ça qu'au départ les Siciliens ne lui faisaient
pas confiance. Mais ils ont compris, après, qu'il était
plus facile de s'entendre pour mieux partager le gâteau.

— Et le gâteau, c'est nous, conclut Ben.

— Exactement. Un énorme gâteau, qui va leur tomber du ciel. Avec des armes, des Jeep, des milliers de
cartouches de cigarettes.

— Plutôt une oie, rectifia Ben. Une oie qu'ils vont
engraisser pour mieux lui faire rendre gorge.

— Après tout, notre mission n'est-elle pas d'obtenir
l'accord de la Mafia, et sa coopération, sans trop lâcher
en échange ? Ils demandent la libération de Luciano
parce qu'ils savent que ça ne nous coûte rien. D'ailleurs, à mon avis, si nous sommes ici, c'est qu'ils l'ont
déjà obtenue : nous pouvons donc la promettre sans
risque de forfaiture.

— Tu parles comme un livre, ricana Ben. Mais tu
as raison sur toute la ligne.

CHAPITRE 5

L'été arrivait, la chaleur était déjà écrasante. Le jour, les cailloux blancs luisaient comme des ossements oubliés après une très ancienne bataille. La nuit, une vague fraîcheur ne remontait du Jourdain que vers quatre heures. Avant, pas question de s'endormir.

Et Andreï avait, de surcroît, toutes les meilleures raisons du monde d'aller d'une insomnie à l'autre.

Pas de nouvelles de Ben. Quant aux nouvelles du monde, elles étaient désespérantes.

Weizmann avait fait le siège du Foreign Office, jour après jour, pour demander que les avions alliés bombardent les lignes de chemin de fer qui convergeaient vers les camps – comme des araignées immondes posées au centre de l'Allemagne et de la Pologne, qui attendaient journellement leur livraison de victimes. On lui avait fait comprendre – et pas même poliment – que le gouvernement britannique n'avait pas de bombes pour les Juifs. Aux États-Unis, Andreï et Ben Gourion, le mois précédent, avaient fait passer à Roosevelt un dossier complet attestant de la réalité du processus d'extermination que l'on connaîtrait, à la Libération, sous le nom de « solution finale ». Le lobby juif américain, qu'Alberto contrôlait en sous-main – mettant en avant des personnalités sur lesquelles le F.B.I., au moins, n'avait pas de dossier compromettant –, avait pesé de tout son poids. Rien n'y avait fait. L'armée américaine avait d'autres priorités, dans le Pacifique.

Andreï, selon les jours, selon les heures, balançait entre la colère et la culpabilité. Après tout, il avait été incapable de secouer l'apathie générale, qui mettait en avant des considérations stratégiques, et suspendait le sentiment humanitaire.

Sarah s'était efforcée de soulager sa conscience torturée. « Rappelle-toi, au Shtetl, des voisins venaient, parfois, nous prévenir que telle exaction se déroulerait tel ou tel jour... Et jamais mes parents – ni les tiens – n'y ont cru... Mon père croyait qu'il serait déshonoré s'il prenait la fuite. Et il ne voulait pas abandonner le travail de toute une vie : une échoppe de cordonnier, quelques morceaux de cuir, quelques bottes à réparer... Toute une vie ! Mais c'est ainsi... »

Andreï savait bien, au fond, qu'elle avait raison : combien, comme eux, s'étaient résolus à tout abandonner ? Quelques poignées, pendant que les autres courbaient le dos, espérant encore une fois survivre à l'orage...

Mais c'était un orage d'acier cette fois qui s'abattait sur l'Europe. Oh, bien sûr, d'autres peuples déjà avaient été exterminés. Il y avait à peine plus de vingt ans que les Turcs avaient massacré tout ce qu'ils avaient pu d'Arméniens... Mais cela paraissait loin, quelque part dans un improbable Caucase... Et puis les Turcs, hein ! Mais là, c'était au cœur de la plus vieille civilisation, dans le pays de la culture... Andreï n'osait même plus penser en yiddish, tellement les mots qui lui venaient alors à l'esprit lui rappelaient l'Allemagne.

Et il restait, dans cette nuit torride, les yeux ouverts,

et des larmes de rage et d'impuissance perlaient parfois à ses paupières.

L'insomnie emprunte bien des chemins. Sarah non plus ne dormait pas.

Elle attendait. Elle écoutait les bruits, la respiration de la terre...

Il était plus de deux heures, et Myriam n'était pas encore rentrée.

Elle adorait sa fille – et d'abord parce qu'elle était l'image vivante de son père, et qu'elle adorait Andreï.

À ceci près qu'elle aimait un Arabe.

Et sa mère restait éveillée, à guetter le bruit éventuel du pas léger de sa fille, et à interroger, par la fenêtre ouverte, les étoiles qui ne répondaient pas.

Myriam s'attardait dans les bras de Fahrid.

Oh, la jeune fille, outre les yeux bleu émail d'Andreï, avait aussi hérité de lui cette conscience torturante qui, en sous-main, venait sans cesse lui rappeler que le bonheur est une idée qu'on exagère.

Que les sensations étranges et merveilleuses qu'elle éprouvait en cet instant, dans les bras de Fahrid, n'étaient qu'illusion.

Ils s'étaient retrouvés, comme tant d'autres soirs, sur cette petite plage, au bord du fleuve, juste à la limite territoriale du kibboutz et des terres arabes – comme s'ils avaient pu être, à eux deux, le trait d'union qui aurait rassemblé leurs deux peuples.

On avait raconté à Myriam l'histoire de Roméo et Juliette, des Montaigu et des Capulet, et elle avait l'impression d'être revenue à la Vérone du XVIe siècle

– et que peut-être il faudrait leur commun sacrifice pour que leurs communautés se réconcilient sur leur tombe.

Elle étreignait Fahrid, elle répondait à ses baisers et à ses caresses, et en même temps une petite voix persistante, dans sa tête, lui répétait, encore et encore, toutes les bonnes raisons de ne pas croire à cet amour.

Le jeune homme n'était pas en reste. Il baignait son visage dans les cheveux de Myriam, il la serrait contre lui, il tentait de s'oublier sur ses lèvres – et, insistante, une petite voix en lui, qui prenait les inflexions usées de la voix de son père le mukhtar, lui répétait que cet amour était une impasse, que le Juif avait des appétits inconciliables avec la cohabitation, et qu'il faudrait bientôt prendre les armes...

On avait raconté à Fahrid l'histoire de Rodrigue et de Chimène. Et parfois, dans ses moments de désespoir, il se voyait en train de tuer Andreï, et de perdre à tout jamais la possibilité même de l'amour de Myriam.

— Je t'aime, murmurait Fahrid.

Mais, dans sa tête, la petite voix ricanait : « Crois-tu, t'imagines-tu qu'un jour tu pourras détacher Myriam des siens ? Crois-tu, t'imagines-tu qu'elle va se convertir à l'islam ? »

— Je t'aime aussi, soupirait la jeune fille.

Et les imprécations mêlées de son père et de sa mère lui soufflaient en même temps : « Tu sais que les Arabes ont choisi le camp des Allemands... Pour eux, pour lui tu n'es qu'une Juive, tu es l'ennemi... Et quand il voudra que tu te convertisses... »

— J'aime baigner mon visage dans tes mains, souffla-t-il.

« Crois-tu que les Juifs nous laisseront en paix ?

Crois-tu même qu'ils nous laisseront le moindre pouce de territoire ? Cette terre est trop pauvre pour nous nourrir tous... Tu es trop jeune pour te rappeler, mais avant qu'ils ne viennent, nous parvenions tout juste à survivre... Et il faut tant de temps pour faire pousser un olivier... »

— Tu es ce que j'ai de plus cher au monde, disait-elle.

« Ah oui ? Et Ben ? Quelles confidences lui ferais-tu, s'il était là ? Et quel parti te conseillerait-il, à ton avis ? Crois-tu qu'un jeune homme revenant de guerre, tout auréolé des actions d'éclat qu'il doit accomplir en cet instant même, permettrait que sa sœur épouse un ennemi naturel de son peuple – au moment même où il porte, lui, les armes du sien ? »

— Viens, viens contre moi... » Et la voix de Fahrid ressemblait à une prière dont elle aurait été la déesse.

« Est-ce que tu t'imagines un instant que les Juifs, qui sont des Européens par toutes leurs racines, ont quelque chose en commun avec les Bédouins que nous sommes, dans notre cœur ? Et penses-tu que les puissances coloniales, lorsqu'il faudra choisir, préféreront appuyer des Arabes, des Orientaux, comme ils disent, plutôt que des quasi-Occidentaux qui leur ressemblent ? »

— Viens, viens... » La voix de Myriam coulait comme l'eau du fleuve, tout son corps devenait braise et eau sous les mains de Fahrid... Et sans cesse la petite voix torturante lui soufflait en dedans qu'elle n'avait pas, qu'elle n'aurait jamais droit au bonheur, que ces trois derniers mois seraient une parenthèse, juste l'occasion d'avoir, pour toute sa vie, des remords, et la mélancolie des occasions ratées...

Elle eut beau tenter de faire taire la conscience implantée en elle par ses parents, sa culture, ses origines ; il essaya lui aussi vainement d'oblitérer la voix insidieuse qui lui murmurait que leur amour était de la fiction, et que la réalité reviendrait bientôt en force exiger sa livre de chair... Le résultat fut qu'ils se séparèrent mécontents d'eux-mêmes et de l'autre, frustrés, les nerfs à vif mais pas rassasiés.

Myriam rentra sur la pointe des pieds à la maison. Il pouvait être quatre heures du matin, l'heure à laquelle elle savait que ses parents arrivaient enfin à dormir, dans la fraîcheur de l'aube en projet.

Elle entra, ses souliers à la main, traversant l'ombre noire de la pièce principale comme s'il avait fait plein jour, tant elle connaissait l'emplacement de chaque chaise, les pièges de chaque objet.

— D'où viens-tu ? dit la voix de Sarah, au milieu de la nuit.

Myriam se figea, stupéfaite. Elle n'avait décelé aucune présence, et voilà que sa mère l'attendait, les reproches à la main, assise dans le grand fauteuil où son père aimait à se reposer, le soir.

— Non, ne réponds pas, reprit la voix. Je préfère ne pas te poser de questions. Comme ça, tu n'auras pas à me faire de mensonges.

— Je l'aime, dit brusquement Myriam. J'aime un Arabe.

Elle le disait en partie parce que c'était vrai, en partie pour signifier à sa mère qu'elle ne refusait pas le combat de front, et aussi, curieusement, pour tester sur elle-même la véracité de ce qu'elle affirmait. « Est-ce que je l'aime ? » se demandait-elle en même temps. « Est-ce que j'ai la voix de quelqu'un qui aime ? »

— Je le sais bien, soupira sa mère.

Il y eut un silence. Et peut-être parce qu'elle ne savait plus quoi dire, Myriam fondit en larmes.

Sarah se leva, vint à elle et la serra contre elle.

— Pleure, lui souffla-t-elle, pleure, ma petite fille. Il y a tant de raisons de pleurer, et si peu de raisons de se réjouir. J'ai tellement pleuré, à ton âge... Les larmes, c'est tout ce que nous avons vraiment à nous, quand la vie nous prend tout le reste.

— Maman... Je l'aime...

Ce fut tout ce qu'elle arriva à avouer, ce soir-là. C'était une phrase magique, la phrase qui aurait dû lever toutes les ambiguïtés. Mais au moment même où elle la formulait, où elle la répétait, Myriam sentait, à chaque seconde, la réalité qui revenait peser sur ses épaules. Elle se sentait, confusément, accablée par cette histoire millénaire de haines et de rancœurs, qui martelait, d'une voix méchante et persuasive, qu'une Juive ne devait pas aimer un Arabe, et qu'un Arabe n'aimerait jamais une Juive.

CHAPITRE 6

Caltanissetta

Don Carlo avait tranquillement fait sortir Ben et Jeremy de Palerme dans une voiture de *carabinieri*, conduite par un véritable officier. « La Mafia ne serait pas ce qu'elle est si elle se contentait d'être une organisation parallèle, avait-il expliqué en voyant, au premier abord, le mouvement de recul des deux jeunes gens. En fait – et il en est de même aux États-Unis, n'est-ce pas ? ajouta-t-il en fixant froidement Jeremy –, nous avons infiltré tous les pouvoirs, aussi bien le politique que le judiciaire... ou l'Église. Alors, ne vous offusquez pas : pour les dix jours à venir, vous serez des inspecteurs en civil de la police. L'un à l'avant, à côté du chauffeur, l'autre à l'arrière, à côté du garde du corps. Les papiers qui vous avaient été donnés n'étaient pas mauvais, mais ils n'auraient pas résisté à dix minutes d'examen attentif. Ceux-ci, dit-il en brandissant des *documenti* un peu froissés, ont cela de meilleur qu'ils sont authentiques. »

Il jeta un coup d'œil sur les papiers qu'il leur tendait. « Donc, signori Alessandro Baricco (c'était pour Jeremy) et... Luigi Vampa, la Sicile vous appartient. »

Il les regarda fixement.

— Vous irez d'abord chez moi, à Caltanissetta. C'est au centre de la Sicile. De là, vous pourrez rayonner à volonté.

Il sourit.

— C'est là aussi que sont regroupées les installations radio qui me permettent de communiquer avec vos supérieurs. Il aurait été idiot de tenter le diable en émettant de Palerme, où dans chaque rue patrouillent des voitures équipées de gonio. Vous avez dû les voir circuler, avec leurs antennes paraboliques, comme de grandes oreilles à l'écoute de ceux qui parlent trop.

« Rien à craindre de tel à Caltanissetta. D'abord, il n'y a pour ainsi dire pas d'armée : toutes les troupes sont concentrées sur le bord de mer, et surtout dans le sud, comme vous vous en rendrez compte. Et puis... comment dire... Je suis chez moi, là-bas, et il ferait beau voir que la police interfère avec nous.

Le voyage se fit sans encombre. Les cent trente kilomètres entre la capitale de l'île et ce chef-lieu de province qui rôtissait doucement au soleil, dans une torpeur que rien ne venait troubler, se firent en moins de deux heures. Ben et Jeremy notèrent, mentalement, qu'ils doublaient de nombreux transports de troupes qui se dirigeaient plein sud, vers Agrigente ou Gela – là où, d'après Don Carlo, près de deux cent mille soldats patientaient déjà, dans l'attente d'un débarquement allié.

Là était le fond de la mission des deux amis : repérer l'emplacement des troupes, l'orientation des canons et des casemates – et sélectionner, si possible, un site commode et mal défendu.

Le « capo » leur avait largement déblayé le terrain.

En fait, les Alliés n'étaient plus en quête, pour lancer leurs troupes, que de renseignements ultimes – et d'une confirmation de ceux fournis par la Mafia, dont ils se demandaient encore, à trois semaines du débarquement, si elle était un partenaire crédible.

— Ma maison, j'espère, vous plaira, les avait prévenus Don Carlo. C'est l'ancien palais des Moncalda (Jeremy acquiesça, comme si cette précision énigmatique expliquait tout). Juste en face de la mairie, où séjournent les autorités militaires. C'est encore dans la gueule du loup qu'on vous cherche le moins.

Un « palais »... Jeremy, accoutumé aux hyperboles de la langue italienne, s'attendait à une maison cossue. Ni lui ni Ben n'étaient préparés aux splendeurs baroques de la façade devant laquelle leurs *carabinieri* de complaisance s'arrêtèrent – tout ornée de masques d'animaux et de personnages sculptés.

Ils furent éblouis.

Ils entrèrent, et l'éblouissement se confirma.

Car ce que Don Carlo n'avait pas précisé, c'est qu'ils seraient accueillis à Caltanissetta par sa propre fille, Mina.

— Hello ! How are you ? leur lança-t-elle, dès qu'ils eurent passé le seuil du *palazzo*.

Son anglais était plus que passable : née aux États-Unis quand son père y séjournait, elle y avait passé sa petite enfance, et avait depuis, dès que l'occasion se présentait, pratiqué cette langue qui lui rappelait ses années les plus heureuses – quand sa mère était en vie.

Et, ce qui ne gâtait rien, mais qui pouvait s'avérer dangereux, elle était d'une beauté remarquable.

Jeremy jeta, en biais, un regard attentif sur Ben. Le

jeune homme, artiste jusqu'au bout des ongles, restait statufié devant cette exquise et mince poupée aux cheveux et aux yeux d'ébène, mais qui, contrairement à son père, qui avait conservé les traces épidermiques des siècles d'occupation maure, avait une peau de porcelaine pâle, exquisément mate. Elle était l'original de Blanche-Neige, telle que la décrit Perrault : la chevelure de nuit, la peau de lait, la bouche de corail.

Jeremy poussa légèrement Ben du coude, pour qu'il revienne à lui.

Mina leur serra la main, dans un shake-hand très yankee. Un souvenir de ses années new-yorkaises, sans doute... Ou une manière d'affirmer qu'elle était leur égale, et que les révérences et les courbettes, et les yeux chastement baissés derrière leurs cils interminables n'étaient pas dans ses habitudes.

Le *palazzo* était immense, et Mina le leur fit visiter en détail. Les tapisseries étaient peut-être usées, jaunies, la marqueterie des planchers abîmée par les souliers cloutés qui les avaient arpentés, la rampe et les marches de l'escalier érodées par les générations qui les avaient dévalées, l'ensemble n'en restait pas moins somptueux. Jeremy fut néanmoins frappé par le nombre sidérant de pièces totalement vides, où leurs pas résonnaient de manière lugubre, entre les murs aux crépis écaillés.

La jeune fille vivait seule dans cette immense demeure, avec une vieille femme qui lui servait de servante et de gouvernante à la fois, et qui regarda avec une attention toute méditerranéenne ces deux loups qui entraient, le visage souriant, dans la bergerie.

— Fortunata a été ma nounou, autrefois. Et elle l'est restée, expliqua Mina avec un ravissant sourire. Elle est un peu sourde, elle est percluse de rhumatismes qui l'empêchent de monter bien haut dans les étages, mais elle me tient au courant de toutes les rumeurs du pays.

La jeune fille haussa les épaules.

— Oh, que je vous dise : mon père m'a expliqué en détail qui vous êtes et ce que vous faites ici. Ses hommes vous escorteront dans les déplacements lointains. Moi, je vous guiderai dans la région proche. Aucun risque que l'on m'arrête, et j'ai ma propre voiture.

Elle sourit à Jeremy, dont elle savait déjà qu'il était le New-Yorkais de l'équipe.

— Une Packard, précisa-t-elle.

Elle avait dit le mot avec une sorte de gourmandise. Quand ses lèvres s'étaient disjointes sur le « P » de Packard, Ben avait eu un éblouissement.

Dans les jours qui suivirent, Ben et Jeremy arpentèrent la Sicile en tous sens, escortés soit par leurs carabiniers préférés, soit par Mina.

Ils commencèrent par l'extrême est. Ils purent ainsi constater, de visu, l'énorme trafic d'hommes et d'équipements qui, d'heure en heure, arrivaient à Messine : les Allemands faisaient passer une division entière de Panzers qui allaient renforcer les troupes italiennes massées en grand nombre autour du détroit, dans toutes ces petites localités de bord de mer qui ponctuent l'immense plage s'étendant de Messine à Riposto.

Ben et Jeremy demandèrent à leurs anges gardiens d'aller les attendre à Catane, et, en taxi ou en autocar, parfois même à dos d'âne, s'amusèrent beaucoup, quatre jours durant, à se faire passer pour un couple de jeunes homosexuels allemands qui se rendaient à Taormina rendre hommage aux mânes du baron Von Gloeden. Tous deux, grâce à leur connaissance du yiddish, parlaient un allemand à peu près passable – suffisant en tout cas pour que des Italiens s'y laissent prendre.

Leurs afféteries efféminées leur attirèrent les quolibets des militaires, qui s'ennuyaient ferme à attendre un ennemi qui ne venait pas, et, en même temps, leur valurent quelques amitiés immédiates parmi ces milliers d'hommes jeunes frustrés. Quelques vrais Allemands, auprès desquels ils se firent cette fois passer pour de jeunes Hongrois, leur donnèrent même des renseignements d'une grande valeur sur la date de leur arrivée dans l'île, les ordres qu'ils avaient reçus – et, plus que tout, sur leur état d'esprit et leurs relations avec les troupes italiennes.

« Ils les méprisent, constata Jeremy. En aucun cas ils ne leur font confiance. Et ils n'ont peut-être pas tort : les Italiens sont prêts pour un renversement des alliances. » Il n'avait pas tort, et la suite des événements devait lui donner raison : moins d'un mois après le début des opérations en Sicile, Mussolini serait déposé et interné. Les Italiens n'avaient aimé le fascisme que dans l'enthousiasme de la passion, mais beaucoup moins dans le train-train couleur de deuil que le Duce avait prétendu leur imposer. En cet été 1943, l'intelligence reprenant ses droits, ils concluaient, un peu partout à la fois, qu'il était temps d'en revenir à des conceptions moins rigides.

Ces observations s'avéraient, pour des espions aussi fins que l'étaient Ben et Jeremy, d'une valeur inestimable. L'armée italienne, en concluaient-ils, ne lèverait pas le petit doigt pour défendre un régime qu'elle avait déjà révoqué dans son cœur. Et les troupes allemandes, troupes d'élite s'il en fut, étaient bien trop peu nombreuses pour contrôler tous les lieux de débarquement à la fois.

Une division aéroportée opérant derrière les lignes suffirait sans doute à clouer sur place des canons qui s'obstinaient à faire face à la mer. Là, la Mafia pouvait jouer un rôle crucial, dans le balisage des plaines intérieures.

Le second front, comme ils purent le constater rapidement, s'étendait dans la plaine à demi marécageuse au sud de Gela. Don Carlo les avait prévenus : inutile d'imaginer une offensive dans ce secteur. Ce que les Allemands ne tueraient pas serait décimé par la malaria, endémique dans cette zone. Ben et Jeremy y jetèrent néanmoins un coup d'œil : le premier se sentit tout ému devant les champs d'orangers et de citronniers qui s'étendaient à perte de vue, ce paysage qui ressemblait à ce que la Palestine pourrait un jour devenir ; l'autre se rassura en constatant la mainmise absolue de la Mafia sur la ville de Gela.

Ils téléphonèrent, de là, à Mina pour annoncer leur retour. En moins d'une semaine, ils avaient pu voir presque tout ce qui pouvait être vu.

— Dites à Luigi de remonter vers la piazza Armerina, leur dit-elle au téléphone. Je vous retrouverai là vers midi, et je vous prendrai en charge. Si vous avez un rapport à faire à mon père ou à vos supérieurs, confiez-le à vos anges gardiens : ils auront l'ordre de rentrer directement à Caltanissetta, où un opérateur radio les attendra. Je vous garde pour moi : vous avez bien gagné quelques jours de vacances.

Les deux espions passèrent la nuit à rédiger un rapport circonstancié, que Don Carlo se chargerait de transmettre par radio aux autorités militaires de Tunisie. Ils avaient indiqué au chef mafieux le code secret qui permettrait, dans l'hypothèse où la communication serait surprise, de ne rien révéler d'immédiatement essentiel.

Sur la piazza Armerina ils retrouvèrent Mina, plus belle que jamais, et aussi dénudée que pouvait l'autoriser, par les temps de chaleur, la stricte morale sicilienne : des foulards légers, des voiles l'enveloppaient, la cachant et la révélant en même temps dans un froufroutement soyeux qui leur faisait tourner la tête.

— Venez, dit-elle, j'ai quelque chose à vous montrer.

Elle les conduisit dans la Packard à deux ou trois kilomètres en contrebas du bourg, dans les ruines d'une maison romaine de grande taille, dont les murs écroulés émergeaient d'un enchevêtrement de planches et d'échafaudages.

— Ils viennent de renvoyer dans leurs foyers les archéologues qui continuaient les fouilles, précisat-elle. Nous aurons juste pour nous l'une des merveilles de la Sicile.

Les deux garçons furent estomaqués. Jeremy avait vu le jour aux États-Unis, pays sans monuments de plus d'un siècle ou deux. Ben était né en Palestine, et les souvenirs millénaires qu'il avait acquis étaient ceux de la mémoire de son peuple – une mémoire de mots, de récits, de traditions. Des monuments juifs anciens, il ne restait rien, que ce mur de Jérusalem où les pratiquants glissaient le courrier de Dieu. Rien ne pouvait les préparer, ni l'un ni l'autre, au témoignage figé dans la pierre d'une civilisation deux fois millénaire.

Les mosaïques de la villa Casale, en cours de dégagement, étaient spectaculaires. Les scènes de chasse et de pêche qui couvraient les murs et les sols étaient d'une vivacité remarquable. « Et encore, soupira Mina, ce n'est que la villa d'un riche Sicilien, qui a fait travailler ici des artistes locaux. Imaginez ce que ce devait être à Rome, à la même époque... »

Une fresque de jeunes filles en slip et soutien-gorge (ou ce qui pouvait en tenir lieu), en train de jouer à divers exercices sportifs, les égaya fort. « Croyez-vous qu'il est possible d'être à ce point dénudée ! » s'exclama Mina. « Heu... hésita Jeremy. C'est-à-dire... J'ai déjà vu des filles vêtues aussi légèrement, mais c'était dans des boîtes de nuit new-yorkaises... »

Il ne voulait pas effaroucher la jeune fille, qui était fort émancipée, pour une Sicilienne, mais partageait visiblement certains des a priori de son pays. Inutile de lui dire que, dans la boîte à laquelle il faisait allusion, les « jeunes filles » qui se produisaient sur scène dans ce que l'on n'appelait pas encore des bikinis finissaient invariablement par les ôter...

— Vous avez accompli votre mission à votre entière satisfaction ? demanda soudain Mina.

— Tout à fait, dit Ben. Nous savons où et comment. Il n'y a que le « quand » qui n'est pas de notre ressort.

— J'ai hâte que cette guerre s'achève, soupira Mina. J'ai tant envie de retourner aux États-Unis. Ou, au moins, d'aller à Rome.

« Voilà donc à quoi rêvent les jeunes filles ! se dit Ben. À partir. À s'envoler. Et quand l'opportunité ne se présente pas, elles sont sans doute prêtes à se marier rien que pour changer d'air. Ce sont des oiseaux de passage... »

Soudain, la pensée de sa sœur Myriam le traversa comme une flèche. Il se fit presque une révolution sur son visage, que Mina ne manqua pas d'observer.

— À quoi pensez-vous ? demanda-t-elle gentiment à Ben en revenant vers la voiture, profitant de ce que Jeremy s'était attardé sur les mosaïques.

— À ma sœur, avoua-t-il. C'est incroyable ce qu'elle vous ressemble, en un sens, même si vous n'avez rien en commun.

— Est-elle jolie ? s'inquiéta Mina.

— Elle est très jolie, affirma le jeune homme avec force. Mais vous, ajouta-t-il galamment, vous êtes belle.

Mina rougit jusqu'à la racine des cheveux. Ce que venait de dire Ben s'harmonisait trop avec ce qu'elle avait envie d'entendre de sa bouche, depuis qu'elle avait fait sa connaissance, pour que le propos la laisse indifférente.

— Rentrons, dit-elle soudain. Il va se faire tard.

Dans les jours qui suivirent, les deux jeunes gens s'inquiétèrent des possibilités techniques de l'ouest de l'île. Ils descendirent à Agrigente, ne serait-ce, leur conseilla Mina, qui leur faisait passer les barrages routiers avec un sourire et un sauf-conduit signé du général des *carabinieri*, que pour voir de près la longue théorie de temples, sur l'arête de la colline, comme les ossements d'un titan gigantesque : et il s'avéra que la colonne jetée à terre de l'un des derniers temples, face à la mer, était un atlante, un géant taillé dans la pierre ocre, gisant à tout jamais dans ce monde abandonné des dieux.

Ils remontèrent la côte, inhospitalière, souvent rocheuse, jusqu'à Sciacca. Ils visitèrent les thermes antiques et modernes, essayèrent, en se pinçant le nez, un verre d'eau soufrée chaude qui avait un parfum caractéristique d'œuf pourri et était censée soigner toutes les maladies de peau (« c'est souvent ainsi que l'on appelait les chancres syphilitiques », leur asséna suavement Mina – et le mot, dans sa jolie bouche, prenait une intonation obscène, ou tout au moins louche), puis se rincèrent la bouche avec un vin blanc légèrement perlant et des spaghettis à la sardine.

— Je n'arrive pas à me débarrasser de cette odeur de soufre, se plaignit Jeremy.

— Et moi non plus, renchérit Ben.

Du haut du mont Kronio, où s'élèvent les thermes, Jeremy avait vérifié que la côte est, qu'ils venaient de parcourir, était une succession de caps délimitant de jolies plages, et remarqué qu'à l'ouest, la côte était plus uniformément plate – peut-être propice à un débarquement de masse. Il en parla à Mina.

— Allons-y, dit-elle. D'ailleurs, il y a là les ruines de Sélinonte, que je voulais vous montrer.

Les temples d'Agrigente sont de couleur ocre. Ceux de Sélinonte sont blancs, et pour la plupart totalement écroulés. De-ci, de-là survit une colonne orpheline.

Dès le premier instant, lorsqu'ils tombèrent, à l'entrée, sur les ruines du temple gigantesque dont les tambours jonchaient le sol, au milieu des acanthes en fleur, Ben et Jeremy furent saisis d'une sorte de respect sacré, et se surprirent, l'un et l'autre, à marcher précautionneusement, comme s'ils risquaient de fouler des tombes.

— Il faisait plus de cent mètres de long, expliqua Mina. Et l'on ne sait pas bien à quel dieu il était consacré.

— Rien n'empêche de penser qu'il était consacré au dieu des dieux, au dieu unique, lança Ben avant même d'avoir réfléchi.

— Pourquoi tout ramener à soi ? s'insurgea Mina. Elle haussa les épaules. Papa m'a prévenu que vous étiez juif, précisa-t-elle. Est-il caractéristique des Juifs de nier tous les autres dieux ?

— Le nôtre est le bon, affirma sereinement Ben.

— Ah oui ? fulmina Mina. (Elle paraissait vraiment en colère.) Il ne vous a pourtant pas traités avec une grande bonté.

Ben allait répliquer, quand il réalisa soudain qu'une polémique sur un sujet pareil pouvait le brouiller définitivement avec Mina. Et il se tut. Mais au même instant, constatant que sa foi ne tenait pas le choc devant la perspective de déplaire à une fille, il s'effara de sa pusillanimité.

Et il se vexa en voyant Jeremy, qui manifestement lisait en lui comme dans un livre, rire sous cape.

Mina, apparemment fâchée, arpentait le site immense sans dire un mot. Ils traversèrent l'ancien port, devenu herbe à moutons, et gagnèrent la ville proprement dite.

Ce fut l'une des plus vaillantes et des plus fortes cités de la grande Grèce, assez puissante pour défier Athènes. Et voilà ce qu'il en restait !

— Comment est-ce arrivé ? demanda Jeremy, soucieux de ramener la paix dans le trio. Après tout, ils

avaient besoin de Mina pour au moins deux semaines
encore.

— Sélinonte était la grande rivale de Ségeste, dont
il ne reste plus que le temple d'Hercule – sur la route
de Palerme. Ségeste s'allia aux Carthaginois, et Hanni-
bal détruisit Sélinonte. C'est aussi simple que ça : une
guerre en quelques semaines a détruit l'une des plus
belles civilisations de l'Antiquité. C'est pour ça que le
grand temple n'a pas été achevé : il n'y avait plus que
les morts pour élever des temples.

« Les choses sont restées en l'état pendant plus d'un
millénaire. Les temples solitaires veillaient sur une
ville en ruines. Et puis au Moyen Âge, un tremblement
de terre a tout renversé. En une nuit. Ce doit être ton
dieu, lança-t-elle à Ben, qui s'est réveillé et a fini par
trouver insultant tant de beauté élevée à d'autres que
lui-même.

Le jeune Hébreu se tourna à demi vers Jeremy.

— Laisse-moi seul avec elle... un quart d'heure, s'il
te plaît...

— Ben, Ben, ne fais pas de choses irréparables...
Nous sommes en Sicile...

— Sicile ou pas, elle me plaît terriblement, murmura Ben.

— Ce n'est pas un argument, dit Jeremy à voix
haute en s'éloignant avec la démarche un peu voûtée
de l'archéologue amateur.

— Qu'est-ce qui n'est pas un argument ? demanda
Mina.

— Rien... Enfin, si : le fait que je vous trouve si
terriblement belle.

La jeune fille haussa imperceptiblement les épaules :

allons, il pouvait faire mieux ! Lui donnerait-elle une seconde chance ?

— C'est un peu plat, non ?

— Non, soupira Ben. C'est juste une évidence. » Il se tut un instant, et reprit, en hébreu : « La courbe de tes yeux fait le tour de mon cœur. Ta bouche donne un sens plus pur – et plus impur en même temps – à tous les mots que tu prononces. Tu es le soleil et la lune, tu es la sueur dans mon dos, et la fraîcheur du soir. Tu es tout ce que j'aime.

Mina le regardait, interloquée. La voix, infiniment mélodieuse, lui indiquait la direction vague des propos de Ben, et lui disait, sans le lui dire, tout ce que l'amour a élaboré de plus indicible.

— C'est-à-dire ? hasarda-t-elle finalement.

Ben éluda la question.

— Je suis dessinateur, savez-vous... Et j'aimerais faire votre portrait.

— Je ne crois pas que ce soit une très bonne idée, sourit-elle. Si mon père venait à le savoir, il vous écorcherait vif.

Elle cessa de sourire. L'un des hommes de son père, deux ans auparavant, l'avait un court instant coincée entre deux portes, fou d'amour et de désir. Elle l'avait remis à sa place, mais la vieille Fortunata avait entraperçu la scène, et s'en était allée tout raconter à Don Carlo. Le vieux boss avait sermonné sa fille, qui s'était récriée sur sa vertu inentamée. « Très bien ! » avait conclu le père courroucé. « Je te crois, parce que tu es ma fille, et que tu n'as jamais menti. »

Le jeune godelureau qui avait cherché brièvement à la saisir dans ses bras avait disparu, du jour au lendemain, disparu, disparu de la surface de la terre comme s'il n'avait jamais existé.

Et c'était par hasard qu'un soir Mina avait surpris une conversation, à mi-voix, entre deux hommes de son père. Il en était ressorti que le Casanova de Caltanissetta avait été dissous dans l'acide, lentement, en commençant par les pieds.

— En tout bien tout honneur, rajouta Ben.

— L'honneur... Tu ne sais pas de quoi tu parles, dit la jeune fille, très vite, en italien.

Ben avait fait des progrès, mais il n'en était pas à pouvoir entretenir une conversation. Tout ce qu'il retint de l'algarade, c'est qu'elle avait utilisé le « *tu* » intime, au lieu du « *lei* » habituel. Il en conçut de grandes espérances.

Jeremy revenait. Ils regagnèrent la voiture lentement. Ils marchaient à une certaine distance les uns des autres, comme si des étrangers, invisibles et prégnants, s'étaient faufilés entre eux.

Ils mirent longtemps à rentrer à Caltanissetta. Ils n'y arrivèrent qu'à la nuit tombée. Et pour la première fois, Jeremy remarqua que la ville entière sentait le soufre.

Un nouveau message fut envoyé au grand quartier général, donnant, en code, les coordonnées des plages de Sélinonte. En compulsant la carte, Jeremy et Ben avaient noté que la route reliait directement l'antique cité grecque à Palerme. Un peu plus de cent kilomètres, estima Ben. Trois heures de route par char. Ils arriveraient par le sud, par Monreale, et domineraient la ville. C'est dans la poche...

— Je crains que ce ne soit pas si simple. L'aéroport

principal est à côté de Palerme. Il faudra le bombarder préventivement, pour clouer au sol les escadrilles de Messerschmitts. Et occuper la ville très vite, avant que des transports n'arrivent de Messine.

— En fait, conclut Ben, il faut attaquer de plusieurs côtés à la fois.

Don Carlo, mis au courant de l'hypothèse, l'approuva à une virgule près : il faudrait limiter au possible les bombardements de villes siciliennes. « Sinon, dit-il avec sagacité, les Siciliens vous traiteront à votre tour comme ils ont traité les Français. On ne se fait pas aimer en détruisant les maisons et en tuant les habitants.

— On ne fait pas d'omelette sans casser des œufs », rétorqua Ben.

Le « parrain » regarda le jeune homme avec l'intérêt qu'il aurait mis à regarder un cloporte avant de l'écraser.

— On ne gagne pas les guerres avec des phrases toutes faites, asséna-t-il. On les gagne avec ses tripes.

— L'état-major renâcle à exposer ses hommes, dit Jeremy. Ils préféreront tapisser Palerme de bombes plutôt que d'y envoyer les "boys" et risquer un traquenard. » Il avait eu l'adresse de glisser dans sa phrase quelques intonations désolées, pour bien marquer qu'il désapprouvait cette politique « technologique », aux antipodes d'une guerre « courageuse », une « guerre d'hommes ».

— Vous paierez alors les pots cassés – pour parler comme votre ami, se fâcha Don Carlo, peu sensible aux précautions oratoires de Jeremy. Non seulement ici, mais dans toute l'Italie. Parce que j'imagine bien que vos ambitions de reconquête ne s'arrêtent pas à la Sicile. Mais les Calabrais, les Napolitains ne se satisferont pas que vous bombardiez, à cinq mille mètres d'altitude, Reggio ou Naples.

Le parrain partit fâché et, encore une fois, Ben et Jeremy se retrouvèrent, aux bons soins de Mina, errant dans ce *palazzo* désert, où entraient parfois, à des heures incongrues, des hommes aux mines patibulaires, qui ressortaient, rassasiés par la bonne Fortunata, avant de courir les champs et les grèves pour le compte du « boss ».

Ils évoluaient désormais dans un temps suspendu. L'état-major avait bien reçu leurs messages, mais n'y avait pas répondu, par précaution. Et à quoi bon ? Ils n'étaient pas partie prenante dans les décisions.

Ben décida de tuer le temps en croquant, sur d'innombrables rames de papier, tous les détails architecturaux du palais des Moncada. Jeremy frémit, en le voyant si souvent le crayon à la main : il pressentait que cette frénésie artistique n'était qu'une habile manœuvre d'approche pour arriver à ses fins avec Mina. La jeune fille pourtant paraissait les battre froid, l'un et l'autre, et Jeremy crut qu'elle était, comme son père, fâchée pour de bon, jusqu'à ce qu'il la surprenne, un jour, examinant en cachette les croquis de Ben. Elle avait le sourcil froncé, la bouche sérieuse, et l'œil rêveur, tout de même, et cet assemblage hétéroclite de sentiments ébranla Jeremy.

Il se mit à surveiller les deux tourtereaux, à la dérobée. C'était la plupart du temps facile : Mina restait enfermée des heures dans sa chambre, sortait pour les besoins du ménage, papotait longuement avec Fortunata, dans la grande cuisine voûtée qui aurait pu contenir vingt marmitons, des heurts et malheurs des gens du village. Ben, pour sa part, courait la campagne. Après le palais Moncada, il s'était éloigné vers la fontaine de Neptune, avait fait une copie de la Vierge au chapelet de l'église San Domenico en poussant les traits de la Vierge vers ceux de Mina – sans s'en rendre compte, pensait Jeremy –, puis se risqua à des excursions plus lointaines, vers l'abbaye de Santo Spirito et les mines de soufre.

Une après-midi où il le pensait parti, Jeremy s'éveilla maussade d'une longue sieste cauchemardeuse. Il faisait à présent, en ce début juillet, une température caniculaire. Dans les campagnes environnantes, les chèvres esseulées en étaient déjà à gratter la sécheresse, sous un soleil implacable. Les chambres du *palazzo* étaient fraîches, mais oppressantes. C'était comme si l'antique demeure avait été peuplée de fantômes, d'esprits gémissants en proie à de longs remords, défilant lentement dans les couloirs déserts.

Jeremy descendit boire un peu d'eau fraîche, s'en aspergea le cou et la poitrine. Puis il reprit son errance dans les grands couloirs ternes, où les volets continuellement clos distillaient une ombre épaisse.

Il s'arrêta.

Son esprit avait décelé quelque chose d'anormal, avant même que ses sens l'avertissent clairement.

Quelque part à l'étage supérieur, près des combles, des gémissements allaient et venaient, comme le vent dans des ruelles.

Jeremy monta, en posant précautionneusement son

pied sur l'arête des marches, afin de limiter au mieux leurs craquements.

Il se sentait à la fois limier, et un peu honteux. La part animale, et la part humaine.

Il entrouvrit la porte.

Ben et Mina n'en étaient qu'aux préliminaires, et manifestement, à voir l'attitude à la fois consentante et révoltée de la jeune fille, ils n'iraient pas plus loin.

Jeremy sentit une sueur glacée lui courir sur les épaules. Ben était cinglé. Voilà tout. Mina était certainement une fille adorable, mais il était cinglé. Ils allaient finir tous les deux les pieds dans l'acide nitrique.

Mina enfin s'échappa, quel que fût son désir de rester.

Jeremy ouvrit au hasard la porte la plus proche, écouta les pas de la jeune fille claquer dans l'escalier.

Puis le pas plus lourd de Ben, marchant au ralenti, comme au sortir d'un rêve.

Quand son ami arriva sur le pas de la porte, Jeremy jaillit comme un diable de sa cachette, et le happa par le bras.

Ben sursauta.

— Bon sang ! cria Jeremy, qu'est-ce que tu crois faire ? Qu'est-ce que tu crois que nous allons faire ?

Vers le soir, un homme gris de poussière et de fatigue accrocha un cheval à l'anneau encastré dans le mur, à gauche de la porte, et souleva le lourd marteau de bronze.

C'était Gaetano, un émissaire de Don Carlo. Le parrain n'avait pas voulu user du téléphone, peut-être surveillé. Dans les cas graves, avait déjà remarqué Jeremy, tous ces mafieux ne se fient plus qu'aux techniques ancestrales : le cheval, et les pigeons voyageurs.

Don Carlo avait contacté un ami sûr à Enna, la capitale provinciale. Et ce dernier avait dépêché un émissaire à cheval à travers les sentiers usés de la montagne.

L'un des *carabinieri* d'opérette, qui avait escorté Ben et Jeremy dans leurs excursions d'avant-garde, avait décidé de parler.

« Par chance, expliquait le paysan, ce fils de pute s'est adressé à son capitaine, qui se trouve être l'un de nos amis. Il peut bloquer l'information un jour, peut-être deux. Pas plus. »

— Que faire ? demanda Ben.

— Allons voir papa, trancha Mina.

— Là, tout de suite ? s'étonna Ben.

— Tout de suite. Est-ce que vous croyez que je ne sais pas conduire la nuit ?

— Il y a le couvre-feu, objecta Jeremy. On ne peut pas rouler pleins phares.

— Je suis la fille de Don Carlo, répliqua-t-elle, et je fais ce que je veux. La Sicile est à nous.

Ils arrivèrent à Palerme vers trois heures du matin.

Don Carlo avait un pied-à-terre dans la Kalsa, cette partie de Palerme, parmi les plus anciens quartiers, qui s'étend dans le quart nord-est de la ville : des ruelles étroites, débouchant parfois sur une place, où s'élèvent les façades de quelques *palazzi*. Mina conduisit sa voiture à travers un dédale de rues minuscules comme si la belle mécanique eût été sur rails. Ben et Jeremy, muets d'admiration et d'appréhension, se demandèrent soudain, à la voir évoluer avec cette aisance, quelle part exacte elle prenait aux affaires de son père.

Le vieux parrain ne dormait pas. Fortunata l'avait prévenu.

— Tu as bien fait, dit-il à sa fille en l'embrassant. Et maintenant, va te reposer. Tu as fait plus que ta part, et j'aurais rêvé d'avoir un garçon qui ait au moins la moitié de ton courage.

Les deux amis, qui avaient fini par admirer – Ben surtout – le courage de la jeune fille, s'étonnèrent, sans avoir l'air de rien remarquer, de la passivité avec laquelle elle obéit à son père. Cette amazone intrépide laissait donc un homme avoir barre sur elle... Pour moderne et délurée qu'elle fût, elle se pliait à la loi paternelle dès qu'on le lui suggérait...

Don Carlo vint au devant de leurs interrogations muettes.

— Ne croyez pas qu'elle obéisse, précisa-t-il. D'ailleurs, elle obéit bien peu, et cela m'irrite et m'enorgueillit à la fois. Non : mais elle ne servirait à rien dans ce qui va se passer. Et elle n'a jamais eu la curiosité de voir mourir des hommes. Un zeste de tendresse qui lui vient de sa mère, sans doute.

Le « Don » eut, en disant ces derniers mots, une inflexion féroce qu'il ne contrôla point. Ben et Jeremy se demandèrent quelle allait être la suite des opérations.

— Ce Marcello a parlé pour l'argent, grinça le chef mafieux. Juste pour l'argent.

Jeremy se fit, en son for intérieur, la réflexion bizarre que la Mafia travaillait aussi pour l'argent, mais qu'à l'intérieur du système, on n'était censé travailler que pour l'honneur. C'était toute la différence entre une entreprise archaïque, médiévale – même si elle utilisait des armes et des moyens modernes – et une vraie entreprise capitaliste moderne. Et que le salut de la « Pieuvre », comme on disait aux États-Unis, viendrait probablement d'Amérique : loin du terroir où elle était née, la Mafia avait continué à évoluer, et manipulait ses capitaux comme un vulgaire Ford ou un quelconque Rockefeller.

Il régnait une nuit brillante. Le ciel était blanc d'étoiles. Par contraste, les façades des maisons paraissaient plus noires, dans cette ville sans lumières.

Deux autres hommes les attendaient, curieusement vêtus, dans l'été étouffant, de longues gabardines. Et tous cinq partirent à pied.

La place Marina, sur laquelle ils se trouvaient, était ombragée d'arbres énormes, dont les troncs paraissaient monstrueux. Ben et Jeremy remarquèrent, en passant, que les branches généraient des filaments bizarres, qui regagnaient le sol et devenaient troncs supplétifs – et, de proche en proche, une forêt de troncs enserrait le tronc principal, donnant à l'arbre, en définitive, une circonférence de baobab.

Ils remontèrent la via Alloro, tournèrent à gauche vers l'église de la Magione. Devant l'église s'étendait une petite place rectangulaire, derrière laquelle commençait un vrai dédale de ruelles minuscules, qui sentaient la marée négligée, les ordures vieilles, la poussière et l'Homme.

Les deux hommes de main pressèrent le pas, en avant-garde.

Justement, une voiture de police passait, au ralenti.

L'un des hommes siffla, et Don Carlo, d'un geste, plaqua Ben et Jeremy contre la porte cochère d'une muraille lépreuse.

Second coup de sifflet : la voie était libre.

— Ici, souffla Don Carlo.

L'escalier branlait de toutes ses marches, et les cinq hommes le gravirent avec force précautions.

Quelque part, un chien aboya.

— Maintenant, cria Don Carlo.

Les deux gorilles sortirent de sous leurs longues gabardines deux lourds fusils de chasse, à canons juxtaposés mais curieusement courts, comme s'ils avaient été sciés, et, d'un coup de crosse précis, firent sauter l'humble serrure d'une porte.

Des cris retentirent.

C'était un logement bien misérable : une pièce principale, qui servait de cuisine et de séjour, où dormaient deux formes enlacées, et deux pièces latérales, chambres annexes. Le malheureux Marcello, l'air ahuri, le cheveu en bataille, se leva de sa couche. Sa femme, dépoitraillée, s'assit à son tour, effarée, la bouche ouverte pour hurler.

— Tais-toi ! ordonna Don Carlo en sicilien.

Graduellement, la bouche de la femme se referma.

Ce fut alors seulement qu'elle réalisa son état, et elle ramena sur sa poitrine un drap usé jusqu'à la trame, à moitié déchiré, qui la dissimula imparfaitement.

Don Carlo, posément, gratta une allumette et alluma une vieille lampe à pétrole, sur la cheminée. Un halo dessina des fantômes noirs un peu partout, plus inquiétants que la nuit qui les avait précédés.

L'odeur du carburant envahit la petite pièce.

— Tu m'as beaucoup déçu, Marcello, commença le Don. Tu connais la Loi.

— *Padrone, padrone*, j'ai fait ça pour les petits...

L'homme tremblait de peur. Et c'était affligeant de voir ainsi panteler ce corps dans la chaleur moite de la petite pièce qui puait le renfermé.

Les deux hommes de main avaient fini de fouiller les deux pièces adjacentes, et revenaient, poussant devant eux leurs prisonniers de guerre – trois enfants, dont l'un marchait à peine, et une vieille femme, caricature de la femme de Marcello.

— Pas d'autre homme ? demanda le Don.

— Mon beau-père est mort l'année dernière, hoqueta Marcello.

— Pourquoi as-tu fait ça ? l'interrogea Don Carlo. Pourquoi – à moi ? !

Sa voix avait pris une intonation hystérique, d'un coup. Il saisit Marcello à la gorge. Le menton de l'homme mal rasé lui égratignait le poignet.

Ben dit quelque chose à mi-voix à Jeremy, qui ne l'écoutait pas. Il répéta, un peu plus fort :

— On ne peut tout de même pas tuer tout le monde !

— Ah oui ? Et pourquoi ça ? demanda Don Carlo, en anglais, en se retournant.

— *Signore ! Signore !* Vous êtes bon, vous êtes la bonté même ! se mit à pleurnicher la femme.

Le drap avait glissé. Pensait-elle émouvoir le vieux chef avec ses appas défraîchis ? Elle se retourna vers Marcello.

— Dio Cristo ! Qu'est-ce que tu as encore fait ?

— Il a tenté de me vendre, voilà ce qu'il a fait, ce chien bâtard !

Don Carlo irradiait de colère.

— *Padrone !* implora l'homme, c'est vrai, je l'ai

fait... Mais c'était pour eux, plaida-t-il à nouveau, en montrant ses enfants qui pleurnichaient devant cette scène incompréhensible – des ombres qui s'agitaient, les parents en larmes, la vieille grand-mère qui gémissait.

— Tu as eu tort, Marcello. Tu as eu tort, parce que maintenant, tu vas les voir mourir.

Jeremy réalisa soudain que ce n'était pas une menace en l'air. Don Carlo, sous ses apparences paternelles, était un tueur impitoyable – un homme capable de dissoudre dans l'acide celui qui avait manqué de respect à Mina. Il fit un demi-pas.

— Don Carlo, ce n'est pas nécessaire.

Le « capo » le fixa sans complaisance.

— Mon ami, je suis ici sur mon territoire. Si je ne le fais pas, demain, je suis mort. Si je me contente de punir ce fils de pute (et c'est ce que vous alliez me demander, n'est-ce pas ?), le petit bâtard qui se croit son fils me tirera un de ces jours une balle dans le dos – et je ne pourrai pas lui donner tort.

Il prit Jeremy par l'épaule.

— Descendez, lui conseilla-t-il. Descendez avec votre ami. Restez en bas, dans l'escalier, pour éviter les patrouilles. Nous arrivons.

Avec un geste presque paternel, il les poussa vers la porte. Ben n'avait pas tout saisi, mais il avait compris l'intention, et ouvrait des yeux énormes.

Ils redescendirent lentement. Les marches craquaient à leur passage.

Il y eut encore quelques éclats de voix, là-haut, dont Jeremy ne comprit pas le sens.

Puis, très vite, quatre coups de feu, dans un vacarme

épouvantable, si près les uns des autres qu'il parut presque n'y avoir qu'une seule énorme détonation.

Une ou deux secondes. À plusieurs endroits dans l'immeuble ravagé par la misère, on se mit à crier.

Il y eut deux dernières décharges.

CHAPITRE 7

Tel-Aviv

Quand elle pensait à Myriam, Sarah avait l'impression d'une catastrophe lente, comme si la terre cédait peu à peu sous ses pas, devenait marécage, et l'engloutissait. De cet amour de sa fille pour Fahrid, elle ne voulait pas, et en même temps, elle en sentait le caractère fatal, inéluctable.

Elle aurait aimé se dire que c'était un cauchemar, une illusion, qu'elle allait se réveiller, et trouver sa fille, comme à l'ordinaire, vaquant à ses tâches ménagères, sans qu'il n'y ait plus, entre elles, ce nuage constant, cette menace d'un autre homme – et quel homme ! Un Arabe ! Oh, cultivé, certes, presque occidentalisé... Mais Arabe jusqu'au bout des ongles, tenant à cette terre comme ils y tenaient eux-mêmes – sauf qu'il tenait l'autre bout de la terre, et la tirait à lui comme il aurait tiré un tapis.

Elle se repassait le film de sa vie, depuis leur arrivée sur la terre promise, et la mort de son amie roumaine, assassinée par des Arabes... Combien de conflits, de morts, de coups de main...

C'est la logique des représailles : parce qu'on est dans la vengeance, et non dans la justice, on ne trouve aucune excuse à l'ennemi. Aucune circonstance atténuante.

Quelque part au plus profond d'elle, une conscience vivotait, qui lui murmurait, parfois, que les choses n'étaient pas si simplement noires et blanches. Qu'elle ne se souvenait que de ce dont elle voulait bien se souvenir. Que le mukhtar avait, après tout, sauvé la vie de Ben – et au péril de la sienne. Mais elle avait délibérément choisi d'oublier.

Si au Shtetl elle vivait dans l'humilité, elle avait trouvé, en Palestine, l'occasion enfin de redresser la tête. Plus jamais elle ne la courberait – devant personne ! Elle avait acquis le droit d'être une personne à part entière.

Elle avait hésité : tout raconter à Andreï ? Mais non, les histoires d'amour sont des histoires de femmes, jugeait-elle. Et Andreï avait déjà des soucis par-dessus la tête. Autant ne pas lui imposer un nouveau dilemme.

Elle parla et reparla avec sa fille.

« Sais-tu que ton Fahrid est engagé aux côtés du mufti de Jérusalem – celui-là même qui approuve la politique d'Hitler à l'égard des Juifs ? »

« On dit ordinairement que les parents sont heureux à travers le bonheur de leurs enfants. Et toi, est-ce que tu serais heureuse à travers le malheur de tes parents ? »

« Tu vas tuer ton père. Et tu vas me tuer, moi aussi. Nous avons échappé aux Russes, aux Cosaques, aux Arabes, et même aux Anglais. Nous n'échapperons pas à notre fille... »

Myriam laissait passer l'orage. Les sarcasmes, les contre-vérités, les menaces et le chantage n'avaient pas plus de prise sur elle que l'eau sur les plumes d'un cygne. Puis elle entonnait, lyrique, le grand air de l'amour passion, celui auquel on ne peut rien refuser, puisqu'on ne le comprend pas. « Crois-tu que je sois heureuse de l'aimer ? Crois-tu que je ne me suis pas répété cent fois ce que tu m'assènes ? Crois-tu que je ne sois pas déchirée ? Mais c'est comme ça, et je n'y peux rien. Tu n'as rien dit à papa ? Eh bien, dis-le-lui, parce qu'il est capable de comprendre, lui. »

Déchirée pour déchirée, Myriam était allée bien plus loin que ce qu'elle avait promis à Ben. Lorsque son frère avait compris la nature de ses relations avec Fahrid, il lui avait demandé d'attendre son retour – pressentant que, dans cette affaire, lui seul, un vrai Sabra, un Juif de la nouvelle génération, née en Palestine, et de surcroît de la même génération que sa sœur, pouvait comprendre, et raison garder.

Ce fut très peu de temps après ce dernier échange que Myriam apprit que son amoureux s'était envolé pour rejoindre à Bagdad le mufti de Jérusalem, qui prêchait l'extermination des Juifs.

Ce fut un coup terrible. Elle connaissait l'engagement de Fahrid. Mais elle n'aurait jamais pensé qu'il aurait commis la lâcheté – ou trouvé le courage – d'accorder ses actes à ses pensées. Elle croyait, dans la naïveté de son premier amour, qu'elle saurait à jamais l'enchaîner, le détacher des causes extrémistes, exploiter en lui la fibre la plus humaine, la moins sauvage.

Elle sombra dans une dépression profonde, à laquelle, pour attentionné qu'il fût, Andreï ne comprit rien.

Sarah, mise au courant par le mukhtar, regardait, désolée, sa fille brûler de déception.

Ce fut surtout pour la distraire qu'elle pria Andreï d'amener Myriam à un dîner organisé en l'honneur d'Enzo Sereni.

Sereni représentait ce type rare de l'intellectuel-homme d'action. Poète et quelque peu savant, il s'était fabriqué une mission de troubadour itinérant, appelant les Juifs de Palestine à la vigilance et à l'insurrection.

Difficile de savoir si ce fut par pur prosélytisme qu'il entretint si longtemps, si passionnément la jeune fille triste dont les beaux yeux bleus l'avaient frappé. Mais il fit comme tous les hommes : il se raconta.

— Je suis arrivé en Palestine en 1926, dit-il. J'ai participé à la fondation du kibboutz Guivat Bremer. Je m'y suis marié – et j'ai trois enfants magnifiques.

« Oh, ça n'a pas été si facile de quitter l'Italie... Mon père avait été médecin personnel du roi Victor-Emmanuel... Tout me souriait... Mais ici, trancha-t-il soudain, tout reste à faire ; et j'ai préféré bâtir en Palestine plutôt que paresser en Italie. »

Myriam n'aurait pas su dire pourquoi elle prenait plaisir à l'écouter : peut-être à cause de cet accent si particulier, qu'elle n'avait jamais eu l'occasion d'entendre – un Italien parlant hébreu, alors que la plupart des kibboutzim qu'elle fréquentait, quand ils n'étaient pas nés en Palestine, étaient originaires d'Europe centrale et en avaient gardé les intonations un peu gutturales. Dans la bouche d'Enzo, les mots les plus ordinaires prenaient une inflexion caressante.

— Il faut que la jeunesse actuelle se mobilise, prêchait Sereni, ici et partout dans le monde. Il faut que les jeunes Juifs de Palestine – et les jeunes Juives, ajouta-t-il avec un sourire – rejoignent notre combat pour préparer l'Alyah des jeunes Juifs européens qui nous rejoindront après la guerre...

— Mon père ne veut pas m'utiliser, expliqua Myriam. Pour me protéger, peut-être... Ou parce que je suis une femme...

Elle se laissa aller aux confidences. Elle était si pleine de son histoire personnelle qu'elle avait l'impression que ses démêlés avec Fahrid pouvaient, devaient intéresser la terre entière. Enzo Sereni l'écouta patiemment, et lui expliqua, gentiment, que les histoires d'amour ne finissent pas toujours bien... Que les couples « mixtes » sont souvent promis à des problèmes inextricables... Que la passion est certes incontrôlable, mais qu'elle pouvait peut-être, à présent, l'orienter vers des causes moins personnelles – moins égoïstes.

Myriam réfléchit, très vite, qu'elle avait par-dessus tout besoin d'un dérivatif à la douleur qui la rongeait. « Il y a des histoires d'amour qui font vivre, lança Sereni, et d'autres qui font mourir. Autant mourir pour une cause. »

Puis vinrent les propositions concrètes. Enzo Sereni pouvait l'introduire dans les milieux du journalisme. Ce fut le premier miroir aux alouettes qu'il lui tendit, et il fut stupéfait de la voir s'y précipiter avec voracité. Tout divertissement lui semblait bon, en fait. Le poète-homme d'action songea soudain que plus la mission serait dangereuse, plus le divertissement serait total.

Dans les jours qui suivirent, il tint parole : il la présenta à son ami Sasson qui était alors chef du département arabe de l'Agence juive. De fil en aiguille, Myriam se retrouva correspondante du *Jerusalem Post*.

Sarah voyait avec intérêt sa fille enterrer sa folle passion sous des tonnes de travail. Elle en profita, en vraie mère juive qui a fait de l'angoisse un style de vie, pour s'inquiéter à nouveau du sort de Ben. Plus de deux mois à présent qu'ils n'avaient plus de nouvelles. Andreï n'en parlait jamais, mais elle voyait bien, à la manière dont il se lançait frénétiquement dans des occupations de toutes sortes, que l'inquiétude le rongeait.

La confidence de Sereni (« Je parle l'anglais, l'arabe, l'italien, et l'hébreu – et dix-huit autres langues, avait-il ajouté en souriant, mais seulement en yiddish ») avait incité Myriam à perfectionner ses acquis linguistiques – et d'abord en italien, une manière symbolique de se rapprocher de cet homme exceptionnel, et un prétexte quotidien pour l'écouter parler, et lui parler.

Au journal, Myriam avait fait ses classes à toute allure. Elle se fit rapidement une spécialité de plaidoyers brillants et enflammés visant à convaincre les Sabras de son âge de s'engager dans l'armée, et de se battre sous leurs propres couleurs, et non sous celles de His Majesty's Royal Forces.

Les Anglais avaient mis du temps à accepter le principe de ces « Brigades juives ». Ils avaient dû finalement se rendre à l'évidence – et les articles de Myriam allaient tous dans ce sens : les Juifs s'engageaient en masse dans le combat, alors que les Arabes brillaient par leur absence. Les Britanniques trouvèrent une solution qui satisfaisait l'orgueil des nouveaux engagés tout en sauvegardant les principes : les Juifs combattraient sous leurs couleurs, mais dans le cadre d'un bataillon anglais de Palestine.

Myriam, dont la courte mais énergique campagne était ainsi couronnée de succès, refusa en bloc les félicitations dont son rédacteur en chef l'accablait. « Je n'ai rien fait de bien remarquable, protestait-elle ; tout ce que j'ai pu écrire n'arrive pas à la cheville, en fait d'engagement, d'une seule journée au front. » Le rédacteur en chef sauta sur l'occasion : « Les Alliés vont incessamment débarquer en Italie, l'informa-t-il ; est-ce que cela te dirait d'être notre correspondante de guerre sur place ? »

Les Italiens... Personne ne pouvait oublier que leurs avions étaient venus bombarder Tel-Aviv, et avaient fait de nombreuses victimes civiles. Oui, elle aimerait voir capoter ces salauds...

Elle intensifia ses cours d'italien avec Enzo, et tous deux prirent, en outre, quelques leçons de parachutisme.

Au premier saut, quand la porte de la carlingue, à mille deux cents mètres, s'ouvrit et que l'air glacé s'engouffra dans l'appareil, Myriam, harnachée, accrochée encore au fil de guidage, à deux doigts de sauter, se retourna vers Enzo, juste derrière elle, et tout aussi frémissant.

— Enzo, Enzo, hurla-t-elle au milieu du vacarme des moteurs, crois-tu que Dieu existe ?

— Personnellement, non, grinça le poète, mais je suis prêt à réviser mes conceptions si nous arrivons vivants en bas.

Chapitre 8

Sur les pentes de l'Etna

Ben et Jeremy étaient rentrés à Caltanissetta avec Mina, très secoués par les événements. Le rôle joué par la jeune fille, sa froideur quand ils lui avaient fait le récit de la tuerie, les avaient déconcertés. Ben surtout – d'abord parce qu'il était amoureux, et ensuite parce qu'il n'avait pas, comme Jeremy, l'expérience des règlements de comptes entre truands.

Jeremy avait été élevé, dans les années 30, dans le fracas des mitraillettes Thompson. Pas directement, bien sûr, parce qu'Alberto avait toujours veillé à tenir sa famille à l'écart de ses affaires, et que, assez vite, il avait acquis une façade légale qui lui permettait de se tenir à l'écart des grands massacres. Mais Jeremy n'avait pas pu ne pas entendre les conversations à peine codées qui filtraient entre son père et ses amis, les confidences sanglantes, les sous-entendus meurtriers.

Cependant, lui non plus n'avait pas imaginé une telle sauvagerie. Mais malgré tout, il reconnaissait la nécessité d'une telle action. Les enjeux étaient trop importants. En même temps, il s'en voulait d'en arriver à excuser une telle férocité. La guerre pouvait-elle tout excuser ?

Ben avait fini par faire un portrait de Mina, dans lequel il avait fait passer l'horreur profonde de cette nuit de représailles. La jeune fille avait acquis, sous son fusain, une expression de férocité concentrée que Jeremy trouva presque choquante, et que le Don, lors d'une de ses rares visites, jugea merveilleusement bien rendue. « Il connaît sa fille mieux que nous, conclut Jeremy. Il sait à quel point elle lui ressemble. »

En tout cas, c'en était fini des batifolages. D'ailleurs, au fur et à mesure qu'ils se rapprochaient de la probable heure H, la tension devenait si vive que ni Ben ni Mina n'auraient eu la tête à des sentimentalités hors de saison.

L'été, en ce début juillet, se fit écrasant. La plaine, en contrebas de Caltanissetta, grésillait de l'aube au couchant, et, la nuit, rendait des exhalaisons de chaleur dont aucun courant d'air, dans la vaste bâtisse, n'arrivait à les débarrasser. Les trois comparses attendaient en transpirant.

Ben, qui avait gardé quelque part un zeste de sentiment pour Mina, eut un mot délicat. « Elle ne transpire pas, disait-il, elle perle. »

Gaetano, l'émissaire favori de Don Carlo, arriva un soir d'Enna, à bride abattue. Il gicla de sa selle en abandonnant le cheval à l'anneau de la porte – « Ne lui donnez pas à boire tout de suite ! » cria-t-il au passage à Fortunata qui s'empressait – et se rua dans la maison.

Mina, Ben et Jeremy, assis dans le salon, tuaient le temps à écouter le silence.

— J'ai un message de Don Carlo, jeta Gaetano de sa voix rauque.

Il tira de sa poche une cigarette et un greffoir, découpa soigneusement le papier et vida les particules de tabac dans la cheminée éteinte.

Puis il s'approcha d'une lampe à pétrole, l'alluma en la réglant en veilleuse, et positionna le papier au-dessus du verre. Ben et Jeremy, intrigués, s'approchèrent : un message apparut lentement, rédigé en lettres majuscules, dans une encre d'un brun pâle.

— Urine, commenta brièvement Gaetano.

« Décidément, pensa Jeremy, j'avais raison : dans les moments graves, on en revient aux procédés archaïques. » Puis il jeta un coup d'œil au papier, que manifestement Gaetano ne savait pas déchiffrer. Son cœur se mit à battre.

« LES CANARDS SAUVAGES PRENNENT LEUR ENVOL POUR RETROUVER LES CHASSEURS. »

— C'est parti, dit Ben tout haut.

Le lendemain 8 juillet, l'enfer se déchaîna dans le ciel de Sicile. Des vagues de « forteresses volantes » balançaient des tapis de bombes sur les voies de chemin de fer et les dépôts de munitions repérés par Ben et Jeremy – et leurs amis de la Mafia. Palerme même, qui n'était pas un objectif stratégique important, fut pilonnée au petit bonheur – les bombardiers volaient très haut, et lâchaient leurs bombes avec une imprécision dramatique.

Don Carlo, prudemment, s'était replié sur Caltanissetta.

— Tout compte fait, conclut-il en se frottant les mains, en sirotant un marsala sur la terrasse qui dominait le paysage, je ne suis pas mécontent que les Américains rayent l'ancien monde de la carte. Parce qu'ils sont bien partis pour ça, hein ! Nous reconstruirons un nouveau monde dans notre patrie. Italie, année zéro ! Le Duce passé aux oubliettes, la démocratie chrétienne triomphante, et la Mafia pendue à son cou, accrochée à son dos !

— Pourquoi les « démocrates-chrétiens » ? hasarda Ben.

— Parce que la politique s'accommode assez bien d'un zeste de religion : cela permet de maintenir les populations laborieuses dans l'obéissance ! Une procession, ça fait toujours plaisir, même si ça ne change rien !

— Je croyais que vous étiez un homme religieux, objecta Jeremy.

— Mais... je le suis, je le suis ! Simplement, il y a maldonne sur ce qu'est vraiment Dieu : Dieu aime la force, Dieu aime le pouvoir. Il a fait les puissants à son image. Dieu est avec nous.

— C'est au nom de Dieu que vous avez éliminé Marcello et toute sa famille ? s'insurgea Ben.

— Voilà bien nos jeunes gens contemporains, à s'enflammer pour une cause perdue !

Don Carlo eut un sourire carnassier.

— Et dis-moi un peu, *Ebreo* de mon cœur, qu'est-ce que tu feras, toi, à la Libération, pour assurer l'indépendance de la Palestine ? Est-ce que vos armées secrètes ne fonctionnent pas, au fond, comme la Mafia ? Vous qui pensez que Dieu vous aime, n'êtes-vous pas un peu des hommes de pouvoir ?

Il redevint grave.

— Et d'ailleurs, jouer les démocrates-chrétiens sert aussi à contrer les communistes de Togliatti. Vous ima-

ginez, les Russes à Palerme ? Que feraient-ils de tout
ça ? (Son geste embrassa le paysage.)

Il sirota son verre.

— Nous allons reconstruire la Sicile, avec les crédits alloués par le gouvernement que nous aurons mis
en place. Et ces crédits, lança-t-il soudain à Jeremy, qui
nous les aura fournis, hein ? Ceux qui compteront sur
nous et sur nos alliés de la démocratie chrétienne pour
faire barrage au communisme. Vous, les *Americani* !

Jeremy savait que ce n'était que trop vrai. Il ouvrit
néanmoins la bouche pour répliquer. Don Carlo ne lui
en donna pas l'occasion. Il se retourna vers Ben.

— Et vous allez faire pareil, je vous jure ! Il y aura
un État juif qui se bâtira avec des capitaux U.S. ! Avec
des armes U.S. ! Ils ont beau être alliés, les Américains
sauteront sur la première opportunité de damer le pion
aux Anglais. Suez n'est pas loin, hein ?

Le vieil homme était littéralement déchaîné.

— Et le plus beau, conclut-il, c'est que vous et vos
semblables allez mourir pour servir mes intérêts. Vous
m'avez offert une révolution clefs en main pour reprendre le pouvoir... pour les cinquante prochaines années.
Je suis... chanceux.

En articulant ce dernier mot (« lucky » en anglais),
Don Carlo leva les yeux sur Jeremy, pour bien enfoncer
le clou. La libération de Luciano n'était qu'un mouvement dans la grande partie d'échecs que la Mafia jouait
avec les Alliés. Mais dans cette atmosphère de fin du
monde, le chef mafieux se sentait assez sûr de lui pour
dévoiler ses batteries. Exactement comme il arrive, aux
échecs, d'annoncer un mat : l'adversaire roule toutes
les solutions dans sa tête, mais de quelque côté qu'il
se tourne, il ne voit que la fin, et la chute du roi.

Jeremy ressassait dans son for intérieur les propos lénifiants du général avant leur départ : « Promettre, obtenir, et ne rien donner... » Voire ! Don Carlo avait tenu ses engagements, et au-delà, mais en même temps, il prenait plaisir à leur annoncer qu'il les roulait dans la farine. Il composerait avec les Alliés, comme il avait, peu ou prou, composé avec les fascistes. Il y avait des rumeurs qui l'accusaient d'avoir joué un rôle dans les procès à grand spectacle intentés par le Duce à la Mafia en 1927 : ces condamnations sommaires ne lui avaient-elles pas permis d'accéder aux dernières marches de la hiérarchie de la Pieuvre ? Comment disait-il, déjà ? Dieu aime le pouvoir...

— Et Dieu aime l'ordre, enchaîna Don Carlo. Les bombardements sont un désordre momentané, mais nécessaire, pour faire éclore un ordre nouveau.

Après quarante-huit heures de pilonnages intensifs, les Alliés débarquèrent entre Syracuse et Pozzallo, et marchèrent immédiatement sur Messine, sans s'occuper, dans l'instant, de l'armée italienne qui était dans leur dos. « C'est bien pensé, admira Jeremy, ils coupent toute retraite, et enlèvent tout espoir de retraite ou de secours aux troupes de la Wehrmacht. A fortiori aux bataillons d'Italiens qui pensent déjà que la Sicile, c'est l'Afrique. »

Les Alliés n'avaient pas fait les choses à moitié. Les péniches de débarquement avaient, en une journée, amené à pied d'œuvre cent soixante mille hommes, cinq cents chars et mille sept cents canons. Et dans le ciel, près de quatre mille avions interdisaient à la Luftwaffe l'espoir même d'une contre-offensive. Une armada internationale – mais essentiellement anglo-saxonne –, qui se battait pour déchiffrer les noms incompréhensibles, pleins de « i » et de « o », dont étaient constellées leurs cartes d'état-major.

Don Carlo fit alors preuve, en quelques heures, de son extraordinaire capacité à mobiliser ses troupes. Les Américains se trouvèrent encadrés d'une foule de bergers dépenaillés et d'individus louches, descendus des montagnes, arrivés des faubourgs d'Enna, qui spontanément s'offrirent pour guider les troupes dans ce pays sans panneaux indicateurs.

Quelques milliers de parachutistes avaient été balancés directement sur Messine, dans l'espoir de couper toute possibilité d'approvisionnement en hommes et en matériel. Prendre le port, c'était interdire à l'Italie de remettre un pied en Sicile.

Et divers commandos avaient été expédiés sur plusieurs points de l'île.

Quelques minutes avant le parachutage, Enzo Sereni regarda Myriam, sanglée dans son accoutrement de reporter de guerre et encombrée d'un parachute, avec un sentiment dont il ne démêlait pas exactement, dont il ne voulait pas démêler les composantes – fierté, amour, instinct paternel... C'était vraiment une fille exceptionnelle !

Elle se tourna vers lui, comme elle l'avait fait à leur premier saut : « Le premier arrivé attend l'autre ! » cria-t-elle. Et elle se jeta dans le vide.

Elle avait expérimenté cinq fois, depuis ces trois dernières semaines, cette sensation étrange de chute et de vol infini. On tombe, et pourtant, on croit planer.

Ce vide, elle l'expérimentait en elle depuis deux mois – depuis que son aventure avec Fahrid était arrivée à un point de non-retour, et végétait quelque part dans les limbes, Aussi avait-elle profité de cette occasion inespérée d'oublier ses problèmes – de petits problèmes sentimentaux, qui n'auraient dû rien peser face à l'apocalypse lente où se débattait le monde. Sauter sur la Sicile ! Pourquoi pas sur la planète Mars ?

Ce qu'Enzo lui avoua au dernier moment, c'est que la mission de reporter s'était insidieusement transformée en opération militaire. L'observation et la reconnaissance, leurs deux objectifs premiers, avaient été oblitérés par une mission vitale : délivrer deux aviateurs prisonniers avant que les Allemands n'aient eu le temps de les interroger, ou de les évacuer. « Deux de mes meilleurs hommes sont déjà sur place, avait annoncé le responsable de l'opération. Ils vous donneront un coup de main. »

Myriam flottait. Pour un peu, elle en aurait oublié de commander l'ouverture du parachute. Mais la différence de température, quand elle se rapprocha des basses couches de l'atmosphère, la rappela à la réalité, et une blanche corolle s'interposa bientôt entre elle et les dernières étoiles de l'aube.

Elle eut l'impression d'être happée vers le haut. Un court instant, en attendant de se poser, elle se demanda si son hésitation avant de tirer sur la manette procédait d'un désir latent de disparaître dans le vide où elle s'enfonçait. Puis résolument, elle se retourna vers l'action et ses servitudes.

Le paysage, sous elle, semblait désespérément teinté de nuit – elle qui venait d'une région du ciel où le soleil s'était déjà levé.

Soudain, une flamme éclaira les champs, un peu sur sa gauche. Un brasier qui prit en dix secondes des proportions considérables – paille sèche et aiguilles de pin. Des ombres indécises semblaient danser une ronde lente autour du feu. Et elle comprit que leurs « contacts » siciliens leur indiquaient la voie.

En mission sur la planète Mars, disait-elle ? Eh bien, ce qu'elle commençait à entrevoir en descendant ressemblait fort à l'idée qu'elle aurait pu se faire de la planète rouge. Une terre sans l'ombre d'un brin d'herbe, une terre grumeleuse, qui dans l'aube frémissante semblait d'une coloration uniforme brun-rouge – les champs de lave des pentes nord de l'Etna.

Le contact avec le sol fut moins rude que ce qu'elle avait expérimenté à l'entraînement (« Inutile de les faire sauter une fois de plus, avait décrété le sergent-instructeur parachutiste, ils ont survécu indemnes à cinq sauts, ce qui est exceptionnel ; je ne prendrais pas le risque de les abîmer au sixième. Autant que le prochain soit le bon »). Ces grumeaux de lave sèche étaient étonnamment friables, et elle eut l'impression d'atterrir sur un matelas usé.

Il n'y avait pas un souffle de vent, mais elle était si émue qu'elle s'emberlificota dans les suspensions de son parachute, en essayant de le rouler grossièrement. Elle entendit une voix toute proche : « *Tutto va bene ?* » Machinalement, elle répondit : « *Si* », avant même d'avoir vu son interlocuteur. Puis la voix plus angoissée d'Enzo : « Tout va bien ? » Elle joignit son pouce et son index, comme on le lui avait appris, dans un geste très professionnel. Alors seulement elle jeta un coup d'œil circulaire.

« Bravo... *bravissimo...* » Les sourires tranchaient par leur blancheur carnassière dans ces visages uniformément patibulaires, mal rasés, avec des yeux fauves. Ils pouvaient être une dizaine. Plusieurs d'entre eux portaient des fusils en bandoulière. L'un d'eux avait même une mitraillette Sten. Le chef, qui ne portait pas d'arme apparente, donna quelques ordres brefs : étouffer le feu, mettre le camion en marche.

C'était un véhicule qui, s'il ne remontait pas à l'autre guerre, la grande, était toutefois d'un âge vénérable. Ils s'entassèrent, à presque quinze, à l'arrière du camion sans bâche, brinquebalés, tiraillés, bousculés les uns contre les autres. La route était extrêmement tortueuse. « Où allons-nous ? » cria-t-elle à Enzo. « Je ne sais pas exactement », avoua son mentor.

Ils descendirent, cahin-caha, vers Linguaglossa, puis Francavilla. Le jour s'était levé, et illuminait le sommet du volcan le plus célèbre d'Europe. Enfin le camion s'arrêta. « Il était temps, soupira l'un des parachutistes en anglais, j'allais finir par vomir le petit déjeuner qu'ils ont oublié de nous offrir. »

Dans un mauvais anglais pétri de bonnes intentions, le chef sicilien leur dit qu'ils prendraient un café et se restaureraient un peu. Mais qu'il faudrait bientôt repartir : les hommes qu'ils étaient censés délivrer devaient quitter Palerme en début de matinée. « Nous les coincerons sur la route de la côte dans deux ou trois heures. Prenez le temps de manger : je ne sais pas si vous aurez l'occasion de manger encore – en ce monde, du moins. » Il éclata de rire, et traduisit, dans un sicilien abrupt, ses propos à ses hommes. Ils eurent tous l'air de trouver la plaisanterie excellente. « Ils ont une fréquentation journalière de la mort, commenta Enzo. Et ce, depuis des siècles. Alors, quelques hommes de plus ou de moins...

— Qui sont-ils ? interrogea Myriam à voix basse.

Elle avait compris que pas un de leurs hôtes n'avait

encore réalisé qu'elle était une femme – parce que c'était pour eux inimaginable. On ne voit jamais que ce que l'on s'attend à voir.

— Pas des résistants – pas au sens ordinaire du terme. Leur chef suprême est un certain Don Carlo. Un chef mafieux. Il est dans l'opposition parce qu'il y a trouvé un intérêt quelconque. Lequel ? Ce n'est pas notre problème. Mais ici, il est la Loi.

— Curieuses fréquentations, dit la jeune fille en dévorant à belles dents une tranche de pain à la croûte très lisse, et à la mie serrée, presque sans bulles.

— Et maintenant, qu'attendons-nous ? interrogea Enzo.

— Vos compatriotes, dit le chef. Ils ne vont pas tarder. »

Ben et Jeremy avaient été prévenus la veille, par Don Carlo, que le transfert des prisonniers aurait lieu le lendemain, et qu'un commando allié était parachuté tout exprès pour aider à leur délivrance. « Le fait est, bougonna le *padrone*, que je n'ai plus assez d'hommes pour en divertir une vingtaine afin d'attaquer le convoi de prisonniers. J'ai envoyé les miens dans toute la Sicile, pour aiguiller tous ces gens qui nous tombent du ciel. »

Il se tourna vers sa fille : « Mina, peux-tu nous servir de chauffeur cette nuit ? Il va falloir rouler vite, et longtemps : les vôtres, dit-il à Ben et Jeremy, ont été, à ma suggestion, parachutés à l'est de l'île, pour couper la route de Palerme à Messine. Sauf erreur de trajectoire, excès de vent ou impondérable majeur, ils seront demain matin à l'aube à Francavilla. Et nous devons y être aussi. »

Puis, se retournant vers Ben et Jeremy :

— Venez avec moi. J'ai deux grosses valises à transporter dans la voiture.

En fait de valises, c'étaient deux malles énormes, en osier renforcé de fer, que Ben et Jeremy hissèrent en ahanant sur la galerie de la voiture.

La route, de nuit, avait été semée d'embûches. Dès qu'elle le pouvait, Mina coupait les phares, et se dirigeait à la lueur d'une lune incertaine et des myriades d'étoiles.

Don Carlo leur montra, à plusieurs reprises, des étoiles filantes. « Chez nous, proclama-t-il, on dit que ce sont des âmes qui montent au ciel. Il y en a singulièrement cette nuit. J'espère que vos amis ne sont pas dans le lot. Cela m'embêterait de me passer de mon lit pour tomber sur un tas de cadavres entourés de soldats allemands. »

À partir d'Enna, la route était très incertaine, et Ben, malgré ses bonnes résolutions, ne put s'empêcher d'admirer la maestria avec laquelle la jeune fille épousait les nids-de-poule, flirtait avec les précipices, et tutoyait les roches éboulées.

Sur leur droite, très vite, l'Etna avait barré le ciel de sa masse gigantesque.

Ils arrivèrent à Francavilla vers six heures du matin.

— À droite, dit Don Carlo. Bien. Arrête-toi là, sur la place. Nous finirons à pied. Reste ici. Si tu entends tirer, pars tout de suite.

Il guida les deux jeunes gens à travers les ruelles encore obscures de la ville, où, curieusement, il n'y avait personne, pas même un chien errant.

— Je préfère ne pas arriver carrément dans une souricière, expliqua Don Carlo.

Et Jeremy ne put s'empêcher d'admirer cette prudence instinctive, héritage de décennies de luttes et de trafics.

Don Carlo frappa à la porte sur un rythme convenu, et écouta. Il avait passé une main dans sa veste de velours vert, râpée, informe, mais assez ample pour contenir toute une artillerie de campagne.

Jeremy, d'instinct, tendit lui aussi l'oreille. Il entendit nettement battre des mains, sur un rythme régulier.

Don Carlo soupira de soulagement.

La porte s'ouvrit.

Sans dire un mot, Don Carlo s'engouffra dans la maison.

Ben et Jeremy l'imitèrent. C'est à peine s'ils eurent le temps d'apercevoir, plaquée contre le mur, la vieille femme qui venait d'ouvrir, tant elle était noire et chétive.

Un homme – le chef du détachement mafieux – apparut au milieu de l'escalier.

— Don Carlo, lança-t-il très vite, en sicilien, je peux vous dire un mot ?

— *Parla. Qué cosa è ?*

— En théorie, tout va bien. Mais préparez-vous à une surprise de taille.

— Eh bien, quoi ?

— Il y a une femme dans le commando anglais, dit-il.

— Une femme ? Tu es sûr ?

— J'ai fait celui qui ne remarquait rien, parce qu'elle est habillée en para comme les autres. Mais je suis sûr de ce que je dis.

— On va bien voir, soupira Don Carlo.

Ils se retrouvèrent tous dans une vaste salle à manger, où six parachutistes en tenue de camouflage achevaient de picorer les ultimes miettes d'un petit déjeuner plantureux. Don Carlo jeta un coup d'œil circulaire, et son regard s'arrêta sur Myriam.

— Qu'est-ce que c'est que cette plaisanterie ? éructa-t-il.

Il y eut derrière lui un bruit bizarre, comme un hoquet.

— Ce... Ce n'est pas... une plaisanterie, balbutia Ben dans son dos. C'est ma sœur.

CHAPITRE 9

Milazzo

Ils étaient arrivés à Milazzo vers huit heures : huit hommes et une femme, sanglés dans d'impeccables uniformes de S.S. – apportés par le très prévoyant Don Carlo dans les deux grosses malles que Ben et Jeremy avaient eu tant de mal à hisser sur la galerie de la Packard. « Il ne sert à rien d'être sur le lieu de l'action, si l'on n'a pas un plan pour l'action », leur avait sentencieusement servi le vieux chef.

Seule précaution avant de partir : les hommes choisis pour le commando avaient tous pris le temps de se raser soigneusement, et de se couper les cheveux de manière réglementaire. Ils étaient bien un peu bruns, pour des Allemands. « Mais, objecta Don Carlo, qui avait voyagé et connaissait le monde, des Bavarois bronzés, après un an ou deux de Sicile, ont à peu près cette tête. »

Quant à Myriam, avec sa peau d'ivoire pâle et les yeux bleus hérités de son père, les cheveux tirés en un chignon strict, elle avait assez le type de ces Gretchen impitoyables que la police allemande utilisait si volontiers dans les interrogatoires compliqués.

Ben, qui avait appris quel genre de renard était Don

Carlo, se demanda s'il n'y avait pas malice, de sa part, à faire endosser à des Juifs les uniformes de leurs pires ennemis. Mais il regarda autour de lui, vit des visages tendus vers l'action, et il se dit qu'il devait délirer.

— Nous montons un barrage juste à l'entrée de Milazzo, expliqua Don Carlo, installé confortablement à l'avant de la première des deux Mercedes volées par ses hommes la veille. Nous expliquons que, par excès de précaution, comme Messine est attaquée par le sud – et c'est pour ainsi dire vrai, à quelques heures près –, nous prenons en charge les prisonniers, avec pour mission de les faire parler, là, tout de suite, dans la forteresse de Milazzo.

« Il y a bien une forteresse à Milazzo. Un château normand partiellement en ruine. Les Allemands avaient commencé à le fortifier, mais ont finalement jugé qu'il était inutile de perdre du temps et du matériel pour défendre une côte qui ne pouvait pas être attaquée.

« Et soit nous prenons vos gars, ni vu ni connu, soit nous les escortons jusqu'à la forteresse. Ce sera un peu plus long et un peu plus bruyant, mais on ne fait pas d'omelette sans casser des œufs.

Ben et Jeremy avaient eu l'occasion d'apprécier ce que Don Carlo entendait par « long et bruyant ». Et, à l'entendre, à le regarder se pourlécher par avance, il paraissait évident que le « capo di tutti », même s'il préférait sans doute une solution négociée en douceur, ne répugnerait pas à tuer quelques hommes avant le déjeuner.

Ils montèrent un barrage tout ce qu'il y a d'officiel, avec des chevaux de frise et quelques mètres de barbelés roulés dans le coffre de l'une des Mercedes. Puis ils attendirent.

En arrivant sur la côte, Don Carlo avait, brièvement, fait stopper le véhicule à côté de deux paysans qui, descendus de leurs ânes, se taillaient des tranches d'un saucisson noir comme l'enfer. Puis ils étaient repartis sur les chapeaux de roue.

— Ils ont quitté Palerme vers six heures, comme prévu, expliqua-t-il à Jeremy. Ils seront là d'ici une demi-heure tout au plus. Juste le temps nécessaire pour mettre en place le barrage sans prendre le risque de tomber sur un convoi d'Allemands, qui nous demanderaient trop d'efforts linguistiques. D'ailleurs, continua-t-il, en se tournant cette fois vers Ben, qui tenait serrée dans la sienne la main émerveillée de Myriam, vous devez savoir parler leur langue, non ?

Ben avoua que oui, il parlait allemand. Il avait l'air de s'excuser.

Jeremy leva le bras avec une autorité qu'il était bien loin d'éprouver. La voiture blindée, qui précédait le lourd camion bâché où étaient probablement retenus les prisonniers, ne freina qu'au dernier moment, arrêtant son pare-chocs renforcé à quelques centimètres de la botte d'uniforme de Jeremy.

— *Heil Hitler !* hurla celui-ci – comme il l'avait entendu dire aux Allemands de l'Afrika Korps coincés dans le désert.

— Laissez-moi passer ! beugla le lieutenant qui commandait le convoi. Nous devons être à Messine le plus vite possible. *Schnell ! Schnell !*

Ben, impassible, le regard vissé, sous sa casquette,

sur un point imaginaire au-dessus de la tête de son interlocuteur, expliqua posément :

— C'est justement pour cela que nous sommes ici. Messine est sous le feu de l'ennemi. La ville se défend héroïquement, mais on ne peut plus y pénétrer. Nous avons reçu l'ordre de transférer les prisonniers pour interrogatoire ici même, à... Milazzo. Nous avons avec nous une spécialiste des aveux, ajouta-t-il en souriant froidement, le pouce braqué sur Myriam.

Il s'était, pour accentuer le vraisemblable de son personnage, offert le luxe d'estropier en partie le nom de la petite ville balnéaire. Il avait répété dans sa tête peut-être cent fois, en une demi-heure, les phrases qu'il devrait dire : hors de question de balbutier. Mentalement, il s'était même entraîné à les dire en hurlant. Jeremy, qui l'observait durant tout ce temps-là, avait bien ri de voir les lèvres de son ami se crisper dans des cris inaudibles.

Le lieutenant balança. Il avait un ordre de mission clair et précis. D'un autre côté, tout allait de travers depuis trois jours. Mais leur abandonner les prisonniers...

En vérité, il s'était fait une joie de les escorter, parce qu'il espérait bien qu'on les aiguillerait au-delà de Messine. Et le lieutenant avait une envie frénétique de retrouver le continent. Cette île ne lui disait plus rien qui vaille. D'ailleurs, cette guerre tout entière ne lui disait plus rien qui vaille. Il s'y était fait muter avec enthousiasme, ravi d'échapper aux pièges mortels du front russe, où étaient partis tant de ses camarades. Mais à présent que les Américains tapissaient de bombes la moindre rue de Palerme...

— Très bien. Je viens avec vous, trancha-t-il.

Peut-être subsistait-il un mince espoir, en s'attachant aux prisonniers, de partager leur itinéraire ?

— Faites, acquiesça Ben.

Le barrage fut levé en quelques secondes, et, curieusement, les chevaux de frise abandonnés dans le fossé. « Décidément, pensa le lieutenant, cette armée part à vau-l'eau. Il est temps que je me barre... » La première Mercedes précéda le convoi, la deuxième suivit le camion.

Milazzo se levait. Il avait fait si chaud, cette nuit, que les citadins avaient paressé le plus longtemps possible dans la fraîcheur de l'aube. Seuls quelques pêcheurs achevaient d'installer des étalages pour vendre le produit de leur pêche.

Ils traversèrent le village comme des ombres. Les deux Mercedes roulaient sans bruit sur les pavés irréguliers. Seul le diesel du camion grondait entre les façades incroyablement rapprochées de la vieille ville.

— Vous verrez le château sur la gauche, quand nous déboulerons à l'air libre, prévint Don Carlo. À l'origine, Milazzo était une île. Et puis petit à petit, le rocher a été rattaché à la terre. Ils ont bâti la forteresse sur le roc primitif.

Un château fort sous un ciel méditerranéen... Depuis bientôt trois semaines qu'ils étaient là, c'était un contraste auquel Ben et Jeremy avaient fini par s'habituer. Mais Myriam, muette, buvait des yeux le paysage.

La Mercedes s'arrêta sur la rampe d'accès au château. À sa suite, tout le monde stoppa. Le bruit des freins surmenés du lourd camion plana dans l'air plus longtemps que les autres.

— Descendez ! ordonna Ben, avec une autorité dans

la voix qui l'étonna lui-même. Et faites descendre les prisonniers.

Le parrain avait bien pensé donner l'ordre de mitrailler d'entrée, mais il s'était fait la réflexion que les prisonniers seraient sans doute gardés au corps, et qu'il valait mieux éviter une balle intempestive d'un gardien assez désespéré pour faire du zèle.

Les voitures et le camion vomirent lentement leurs occupants.

Les deux prisonniers étaient hagards. Ils avaient, visiblement, été interrogés à la mode barbare. « Tout se paiera un jour », grinça Jeremy entre ses dents.

— Dans le château ! gueula Ben.

« Décidément, pensa Jeremy, on dirait qu'il a fait ça toute sa vie. »

Une longue procession d'uniformes, encadrant les deux aviateurs titubants, s'avança dans la cour intérieure du château.

Jeremy put alors observer, de près, ce qu'étaient des hommes habitués depuis toujours à des opérations louches. Sans avoir besoin de se concerter, sans que Don Carlo ait donné clairement un ordre (peut-être avait-il eu l'un de ces gestes imperceptibles avec lesquels il conduisait ses hommes comme un écuyer d'expérience mène ses chevaux), ils s'étaient insérés entre les gardes et les prisonniers, et avaient isolé le lieutenant et les six hommes qui l'accompagnaient.

Le lieutenant se retourna, et il eut un éclair de génie. Il était cerné de huit hommes – et d'une femme – en armes, le revolver ou la mitraillette braqués sur lui.

— *Italiani*, hé ? lança-t-il.

Il eut l'esquisse d'un sourire, et leva les bras.

— *Bene giocato*, essaya-t-il, avec un assez bon accent.

Don Carlo allait ordonner le feu. Il leva la main.

— *Uno con le palle, si ? ! Stronzo, ma cazzuto.*

Il regarda attentivement le lieutenant. Il cherchait à deviner, sous l'uniforme fatigué de la Wehrmacht, la personnalité de son prisonnier – brute sanguinaire dont on pouvait à loisir faire de la charpie, ou pauvre cloche coincée par l'Histoire dans un combat douteux. Ou un type gonflé jouant son courage en dernière carte.

— Si je ne vous tue pas... commença-t-il en italien, comme s'il se parlait à lui-même.

— ... Je ne vous en voudrai pas, acheva le lieutenant.

À la stupéfaction de Ben, Don Carlo parut hésiter. Finalement, il leva la main, et ordonna :

— Attachez-moi ce crétin avec ces six imbéciles. Et presto ! Et serré !

Il se pencha sur le lieutenant, ficelé comme un saucisson, bâillonné, couché sur l'herbe folle du château.

— Rentrez chez vous, lieutenant. Désertez, et rentrez vite. On n'aura pas deux fois de la chance dans cette guerre.

Les deux aviateurs n'avaient pas osé comprendre. Quand ils avaient vu les armes braquées, ils avaient instinctivement pensé que c'était pour eux.

— Vous êtes libres ! Libres ! cria Enzo Sereni en essayant de les détacher. Bon sang ! Où sont les clefs de ces menottes ?

— Inutile de demander à ces braves gens, dit Don Carlo en désignant, d'un mouvement circulaire, les

Allemands ligotés sur le sol. D'ailleurs, ils ne sont presque plus en état de répondre.

Il contourna les deux aviateurs, et, de deux balles précises, fit exploser les chaînes des menottes qui les entravaient.

— Don Carlo, je vous salue ! déclama Enzo Sereni. Et je souhaite que toutes les balles tirées désormais fassent sauter les chaînes.

Don Carlo le regarda. Il avait aux lèvres un sourire vague, plutôt ironique.

— Poète, hein ? Bah ! Il en faudra, après la guerre, pour chanter nos exploits.

— Ce n'est pas tout ça, intervint Jeremy. On ne va pas prendre racine !

— Vous avez raison, mon ami. Vous avez raison. Et puis, dit-il en regardant Ben en douce, Mina pourrait s'inquiéter.

DEUXIÈME PARTIE

Jusqu'à la victoire

CHAPITRE 10

New York

Les opérations de Sicile durèrent moins d'un mois : en vingt-trois jours exactement, l'action combinée des Alliés et des mafiosi renvoya l'armée allemande de l'autre côté des détroits, en faisant au passage cent soixante-dix mille prisonniers italiens, qui avaient couru se rendre.

La guerre marqua un temps d'arrêt. Il fallait masser des troupes fraîches avant de passer en Calabre. Il fallait attendre que les Russes marquent des points en Ukraine. Attendre qu'un nouveau gouvernement italien, après avoir intelligemment arrêté Mussolini le 25 juillet, organise des négociations avec les Alliés. Attendre encore...

Jeremy obtint du général qui les avait envoyés au casse-pipe trois semaines de permission. Il trouva, non sans peine, un avion-cargo sanitaire qui rapatriait des blessés sur New York, et, sans se faire annoncer, sournoisement, vint taper un beau soir d'août à la porte de son père.

— Jeremy !
— Jeremy !

Les deux cris fusèrent en même temps – à ceci près que le cri de Rachel, sa mère, fut un cri pâle, et celui de sa sœur Deborah un cri coloré. Rachel se leva, s'appuya à la table, manqua se sentir mal. Deborah courut vers Jeremy, qui la saisit par la taille et la fit tourbillonner en la serrant dans ses bras, dans une grande envolée de robe et de jupons.

Toute la famille était à table. Jeremy n'avait pas prévenu de son arrivée, parce qu'il voulait faire la surprise. Un bombardier réformé l'avait amené de Tunis à Casablanca. Là, le bimoteur équipé en hôpital de campagne lui avait fait sauter l'Atlantique. De retards en formalités, et quelques embouteillages plus tard, il n'entrait chez lui qu'à sept heures du soir.

Alberto à son tour se leva, et prit son fils contre son cœur – un cœur qui battait à tout rompre.

La protestation de Rachel remit tout le monde sur terre.

— Fils dénaturé ! Pourquoi ne nous as-tu pas prévenus ? Pourquoi n'as-tu pas écrit ? Et moi qui te croyais mort...

Elle éclata en sanglots, avec cette spontanéité emphatique des vraies mères juives.

Curieusement, Jeremy se sentait ému, mais juste en surface. En fait, depuis qu'il avait quitté l'aéroport et retrouvé l'Amérique, tout lui paraissait fade, et un peu faux. Même les embrassades des siens. « C'est le temps de me désintoxiquer, estima-t-il ; j'ai vécu trop de choses intenses, il faut que je consente à ce que la réalité soit moins extrême à chaque seconde... » Mais le réapprentissage de la vie prosaïque lui parut compliqué.

Jeremy apprécia la beauté de l'énorme samovar, flambant neuf, qu'il ne connaissait pas.

— Les affaires ont l'air de bien marcher, dit-il en souriant à son père.

— Il n'y a pas à se plaindre... L'usine de confection pour dames a été recyclée en fabrique d'uniformes... Et j'ai emporté le marché. Alors, tu comprends que ça tourne à plein régime.

— Et combien de pattes as-tu graissées pour t'adjuger le marché ? demanda Jeremy, toujours souriant.

Il ne pouvait guère imaginer son père ne pas céder à la tentation de quelque entourloupe juteuse.

— Ne me crois pas si tu veux, répliqua Alberto, sérieux comme un pape, mais je n'ai remporté l'adjudication que parce que j'ai consenti à baisser mes marges au plus bas. Tu vois, comme ça, toute la famille contribue à l'effort de guerre.

— Oh, tu y as déjà contribué, et puissamment, lui rappela Jeremy. L'affaire Luciano a tenu au-delà de toutes tes espérances...

— Tiens, tu m'y fais penser... À propos de Luciano... Tony Zampelli est passé l'autre jour. « Dans l'hypothèse où ton fils rentrerait, m'a-t-il dit – et, quand j'y pense, ce vieux renard avait l'air mieux renseigné que moi ! –, le Boss souhaiterait le rencontrer. »

Jeremy fit une moue de dégoût.

— J'ai travaillé avec la Mafia, avoua-t-il. De très près. Et je ne brûle pas d'envie de les fréquenter en dehors des moments où j'y suis obligé. Et je vais même te dire : j'espère très fort ne plus jamais y être obligé.

— N'empêche, soupira Alberto, que Luciano aimerait te rencontrer. Johnny Cohen lui a narré tes exploits.

Et puis, je crois qu'il en avait eu vent par une autre source, plus... sicilienne.

— Et pourquoi voudrait-il me voir ?

— Peut-être pour te remercier. Tu sais, il s'ennuie un peu, à Great Meadows.

— Et il n'a trouvé personne pour le distraire ? Il compte sur moi pour faire le quatrième au poker ?

Alberto regarda son fils. Était-il possible qu'un garçon si... si soumis il y avait quelques mois encore soit devenu ce bloc de refus ? Il soupira.

Jeremy soupira à son tour. Il se dit qu'il pouvait faire plaisir, encore une fois, à son père. De toute façon, Alberto finirait par emporter le morceau : c'était le genre de négociateur qui, tout en souriant, ne lâche pas l'os qu'il a l'intention de ronger.

— J'irai, trancha-t-il. J'irai voir ton « Boss des boss ». Mais je ne lui baiserai pas sa putain de main d'assassin.

— Personne ne te le demande, s'empressa Alberto. D'ailleurs, si quelqu'un dans cette histoire est en dette, c'est plutôt Lucky Luciano, non ?

Luciano continuait à s'empâter. Mais ce n'était plus la graisse jaunâtre, les bouffissures de Dannemora. C'était une belle graisse pleine peau, un rose éclatant de santé. Les rides retendues par cet embonpoint de bon aloi s'estompaient naturellement. Luciano paraissait plus jeune que la dernière fois où Jeremy l'avait croisé.

— Lieutenant ! le salua-t-il avec une cordialité qui, si elle était feinte, était admirablement jouée. Ah, Tony, merci pour le valpolicella que tu m'as fait parvenir. Une merveille !

Tony Zampelli esquissa un sourire.

— Heureux qu'il t'ait plu, Charlie. C'était un vrai, d'avant-guerre. Les liaisons commerciales sont un peu compliquées en ce moment, avec la mère patrie.

— Mais j'ai bon espoir qu'elles se rétablissent bientôt ! claironna Luciano. Et grâce aux efforts du lieutenant Jackson, ici présent.

Jeremy ne sut pas quelle contenance adopter. Le ton du Boss suprême était amical, mais il avait l'air de se moquer légèrement de lui.

Quoi qu'il en fût, Luciano le sentit, et se fit tout sucre.

— Lieutenant, je voulais vous dire... Croyez bien que j'admire les hommes de votre trempe. Et que je préférerais faire le coup de feu à vos côtés plutôt que de me morfondre dans une cellule...

— Tu parles d'une cellule ! objecta Zampelli en italien. Rideaux en velours, tableaux sur les murs, et whisky à volonté... Quand je pense que nous nous sommes battus tous deux pour permettre aux assoiffés de boire...

— Justement, plaisanta Luciano. Le scotch gratis, c'est ma juste récompense pour toutes ces années de labeur.

— Est-ce que les filles aussi sont gratuites, à Great Meadows ? s'enquit Zampelli sur un ton goguenard.

— Elles ne vont pas prendre le risque de me faire payer, répliqua Luciano avec un sérieux irrésistible. Ce serait un peu bête, non ? Puisque c'est de l'argent qui finirait par me... nous revenir.

Il parut revenir à la réalité.

— Mais nous fatiguons le lieutenant avec nos histoires de vieux, dit-il. Lieutenant, racontez-moi un peu. Comment va mon excellent ami Don Carlo ?

— La dernière fois que je l'ai vu, expliqua Jeremy, il a laissé la vie à un officier allemand.

— Quelle histoire ! Racontez-moi ça en détail, Jeremy – je peux vous appeler Jeremy ? Le fils de mon excellent ami Alberto... Don Carlo épargnant la vie d'un Boche... Le pauvre vieux a-t-il à ce point ramolli ?

Jeremy raconta sa guerre. Il n'eut pas l'impression d'apprendre quoi que ce soit au Boss des boss : Luciano avait dû être tenu au courant heure par heure. Après tout, sa libération dépendait en grande partie de la fidélité avec laquelle la Mafia jouerait le jeu des Alliés.

Et Luciano sentit que le jeune homme trouvait curieux ce rôle de récitant d'une leçon connue.

— Ne croyez pas que vous ne m'appreniez rien, lieutenant. Oh, je connais les grandes lignes... Mais voyez-vous, c'est le messager qui fait la valeur du message. Comment va Mina ?

Jeremy se sentit rougir, et s'en voulut.

— Très bien, pour autant que j'aie pu en juger. Au dire de Don Carlo, elle vaut mieux, infiniment mieux, que le fils qu'il n'a jamais eu.

— En fait, l'informa Luciano, il a eu un fils. Un aîné. Il l'avait laissé, tout enfant, en Sicile, lorsqu'il est venu ici pour... pour affaires. C'est ici que Mina est née – mais vous devez le savoir, ajouta-t-il avec un sourire malicieux. Bref, pendant qu'il était ici, le gosse a été tué en Sicile. C'est pour ça que Don Carlo est rentré.

Jeremy comprenait mieux, à présent, cette soif de

sang qu'il avait flairée en Don Carlo. Le chef n'était redevenu chef, probablement, que dans un massacre général. Et qu'importe la vie des enfants des autres à celui qui a vu périr le sien ?

— Eh oui, conclut Luciano, qui semblait lire à livre ouvert dans les yeux de Jeremy, ce n'est pas un tendre.

Il soupira, et tendit un verre à Jeremy, qui le refusa poliment.

— Je vous sens crispé, lieutenant. Comme si vous m'en vouliez personnellement pour cette guerre...

— Ce n'est pas ça... Mais j'ai pensé soudain que tandis que nous sommes là à plaisanter, à papoter, et à nous goberger, des dizaines de « boys » meurent dans la boue ou la poussière...

— Le monde qui renaîtra après cette guerre n'en sera que plus propre, osa Luciano. La terre a besoin de sang, de temps à autre. Et nous n'avons pas à rougir : nous participons, vous directement, moi dans la mesure de mes faibles talents.

— Cosa Nostra a soigneusement choisi son camp, lança Jeremy, un rien provocateur.

— Lieutenant, déclara Luciano, je suis un homme d'ordre. Apparemment, Mussolini et Hitler aussi – sauf que leur ordre nouveau contrarie l'ordre de l'ancien monde, celui dans lequel nous étions libres de faire des affaires. Je ne suis pas un ange, mais votre père non plus, lui rappela-t-il. N'en éprouvez aucune culpabilité : il y a beau temps que les fautes des pères ne retombent plus sur leurs enfants. Ni lui ni moi, en tout cas, n'apprécions l'ostentation de vertu des fascistes ou des nazis. Je vous le dis, jeune homme : méfiez-vous toujours des prophètes.

« L'exemple de Don Carlo aurait dû vous faire réfléchir. Voilà un homme qui tout à la fois est un vrai patriote sicilien – enfin, vous savez bien que la Mafia a toujours été une organisation de défense du petit peuple de Sicile ! –, et en même temps, c'est un homme d'affaires. Et un homme d'honneur. Ce que vous interprétez comme de l'opportunisme est en fait la conjonction de ces trois motivations. Ne croyez pas que nous soyons guidés par le seul intérêt. Pour qu'une économie fonctionne – et aussi bien une économie... parallèle, comme la nôtre –, il lui faut l'appui, le consentement populaire. Qu'il s'agisse du capitalisme, du communisme... ou de la Mafia, conclut-il en souriant à nouveau.

Jeremy sentit soudain que cette magnifique dissertation, si inattendue dans la bouche d'un homme que les gazettes judiciaires traitaient de truand inculte, n'était qu'une préface, une exhortation à ce qui allait venir. Il se ressaisit, et se fit plus attentif.

Luciano changea de sourire, comme on change de chapeau. À la décontraction de l'homme mûr conseillant un cadet succéda le sourire plus ambigu du quémandeur.

— Vous avez certainement conclu par vous-même que je serai libéré à la fin de la guerre... Et expulsé, sans doute : mon excellent ami Tom Dewey a été parfaitement clair sur ce point. Il me reste à négocier ma... réinsertion, hein... Ce que j'attends de vous, lieutenant, c'est que, lorsque vous retournerez en Italie...

Jeremy fit un geste. Il pouvait après tout être expédié sur l'un des multiples fronts où combattait l'armée américaine.

— ... lorsque vous retournerez en Italie, continua

l'imperturbable Luciano, et croyez-moi, lieutenant, c'est là que vous serez envoyé, vous reverrez Don Carlo, et vous lui suggérerez de rencontrer Vito Genovese, afin qu'ils me préparent... un atterrissage en douceur.

— Pourquoi ne pas le lui dire vous-même ? interrogea Jeremy.

Il n'y avait pas d'agressivité dans sa question. Il n'arrivait pas à démêler pourquoi Charlie « Lucky » Luciano avait besoin de l'intercession d'un petit Juif new-yorkais pour préparer ses arrières en Italie.

En même temps, comme il arrive souvent, il eut la réponse en posant la question. C'était lumineux.

— Je comprends, reprit-il avant même que Luciano ait ouvert la bouche. Je suis un témoin impartial, c'est cela ? À l'écart des luttes de clans... Membre de l'armée américaine, ce sera comme si je parlais avec, derrière moi, le poids de l'armée américaine. Un négociateur franc, qui ne donnera pas l'impression de défendre une cause personnelle... Juste de se soucier de justice et d'ordre... Charlie Luciano, qui a rempli sa part du contrat, a droit à une retraite bien méritée. Si par la suite il ne passe pas sa retraite dans l'oisiveté totale, s'il reprend le collier pour des affaires que je ne veux même pas imaginer, ce n'est pas mon problème.

Il regarda fixement Luciano.

— C'est cela, n'est-ce pas ? conclut-il en utilisant à son tour l'italien.

Le Boss éclata de rire.

— Tony, Tony, je t'avais dit que ce garçon était de la même étoffe que son père ! rugit-il. Un combinard ! (Il leva la main en voyant l'expression du visage de Jeremy.) Pardon : un diplomate. Ce que c'est que le manque d'éducation : on ne trouve pas tout de suite le mot adéquat.

Jeremy se mit à rire lui aussi, L'hilarité bruyante de Luciano lui avait donné le temps de réfléchir.

— Mon père dit toujours qu'il vaut mieux avoir mille amis qu'un seul ennemi, philosopha-t-il. Je ferai de mon mieux, Charlie. Évidemment, je ne peux garantir que Don Carlo recevra toujours du gouvernement et des généraux ce qu'il convoite. Mais tant qu'ils auront besoin de lui... Alors, donnant donnant : il vous tissera un petit nid douillet, en accord avec la Camorra, qui n'a aucune raison à présent de défendre le Duce.

— Un garçon intelligent, hein ? apprécia Luciano. (Il regarda Jeremy dans le fond des yeux.) Vous pourrez désormais compter sur moi et sur les miens, lieutenant. Pour vous, et pour les vôtres.

Jeremy ne voulait pas avoir l'air d'être venu chercher une gratification. Les négociations réussissent bien mieux quand on feint de laisser à l'autre le choix de respecter ou non sa parole.

— Jamais il ne me viendrait à l'idée que vous pourriez contracter une dette à mon égard, dit-il sobrement. Ce que je vais faire, je le ferai pour vous être agréable, et parce que l'armée y trouvera son avantage – et que c'est surtout cela qui compte pour moi.

Luciano se remit à rire, plus doucement.

— Tony, Tony, qu'est-ce que je t'avais dit ? Regarde, regarde-le, ce petit : c'est un grand !

CHAPITRE 11

Deganya

Ben et Myriam étaient, eux aussi, repartis chez eux en permission – dans les soutes d'un gros porteur de l'armée britannique.

Ils arrivèrent en vue de Deganya vers midi. Le soleil, imperturbable, incendiait le paysage. Il faisait une chaleur à faire fondre les pierres.

Il n'y avait pour ainsi dire pas âme qui vive, en apparence, dans le kibboutz. Tous les habitants, l'été, se levaient très tôt, travaillaient dès l'aube, et rentraient bien avant midi, se rafraîchir et faire, s'ils le pouvaient dans la fournaise, une sieste réparatrice.

Ben et Myriam poussèrent la porte comme s'ils étaient partis le matin même aux champs.

— Non ! Mais je rêve ! Je crois que je rêve !

Andreï et Sarah finissaient un déjeuner léger. Ils se levèrent d'un bond, et Andreï retint, de justesse, la table qu'il avait failli renverser dans sa hâte.

Les embrassades furent à la hauteur de l'angoisse – longues et passionnées.

— Mes pauvres enfants ! finit par dire Sarah en se ressaisissant. Vous devez mourir de faim.

— De soif, surtout, confirma Myriam. Nous avons trouvé un camion à Haïfa qui nous a menés jusqu'à l'embranchement de la route de Tel-Aviv. Puis une charrette, pendant un bout de chemin. Et puis à pied.

— Vous portez superbement l'uniforme, tous les deux, jugea Andreï, qui retrouvait son coup d'œil d'ancien cavalier du tsar.

— N'est-ce pas ? s'esclaffa Ben. Et pourtant, vous avez bien failli ne pas voir Myriam en uniforme de parachutiste : elle ne voulait pas abandonner... son poste. D'ailleurs, ce n'est pas moi qui l'ai décidée, mais Enzo Sereni – et encore, en insistant sur le fait qu'elle était correspondante du *Jerusalem Post*, et que l'on comptait sur elle pour assurer la permanence éditoriale du journal.

— Je voulais assister à la libération de l'Italie ! protesta Myriam. (Elle se fit câline.) Ça n'a rien à voir avec mon désir de vous revoir. Mais quand on est journaliste, on se doit d'être au cœur de l'événement.

— Bien sûr, bien sûr, dit Andreï. Mais la guerre ne va pas s'arrêter de sitôt.

Ben se pencha vers l'oreille de sa sœur.

— Et si tu avouais, murmura-t-il, que tu ne désirais pas revenir ? Que tout ce paysage t'évoque un fantôme ?

— Tais-toi ! dit vivement Myriam. Tu es idiot.

Sarah, à qui ce conciliabule n'avait pas échappé, scrutait les yeux de ses enfants pour y lire leurs propos secrets. Et aussi pour savoir, tout au fond des yeux de sa fille, si elle était guérie de sa folle passion.

Dans les jours qui suivirent, Andreï eut l'occasion de discuter à cœur ouvert avec Ben. Mais les mots sortaient difficilement. Et le vieux hussard contourna le problème, choisissant de raconter les derniers mois à son fils.

Il avait bien failli adhérer au groupe d'Abraham Stern. Il était si déçu de la politique de Londres ! « Mon fils s'engage dans leur armée, disait-il, et ces hypocrites, pendant ce temps, mènent une politique arabisante ! » Mais les Juifs avaient-ils vraiment une solution de rechange ? Quant aux Arabes... Ils s'étaient massivement engagés derrière le grand mufti. Il y a même une division arabe qui combat sur le front russe. « Grand bien leur fasse, au moins, nous ne les avons plus dans les jambes ! »

Ben se mit à rire. Il lui semblait que son père essayait de dire quelque chose qui ne venait pas.

— Tu sais, plaisanta-t-il, quoi que tu aies fait, quoi que tu dises, un fils ne peut pas divorcer de son père. Alors, autant me dire tout ce que tu as fait...

— Et le père ne peut pas divorcer de son fils, hein ! Écoute...

Il hésita une dernière fois, puis se lança.

— J'ai des désaccords de plus en plus profonds avec Ben Gourion, avoua-t-il. Et cet Abraham Stern... Son slogan était magnifique : « Tout le pouvoir aux défenseurs du Ychouv [1]. »

— Et ? demanda Ben.

— Notre groupe manquait salement d'argent, dit Andreï. Alors, à quelques-uns, nous sommes allés le chercher là où il est : nous avons dévalisé quelques banques anglaises.

---

1. Le peuple, en hébreu.

Ben éclata de rire.

— Mon père est un braqueur ! exulta-t-il. Elle est bien bonne !

— Oui, elle est excellente, n'est-ce pas ? (Andreï ne riait que du bout des dents.) Le problème, c'est que je me suis aperçu assez vite que ça ne s'arrêtait pas là. Le groupe Stern commet aussi des meurtres. Du coup, l'Irgoun, qui nous regardait déjà d'un sale œil, s'est mis à nous tailler des croupières... Meurtre pour meurtre... Nous en sommes là, mon fils : Israël combat Israël. Le groupe Stern est allé jusqu'à faire des avances à l'Italie fasciste...

— Au moment même où nous les combattions ? s'insurgea Ben.

— Oui... Et même à l'Allemagne... En tout cas, ça n'a pas traîné, résuma Andreï. Stern est mort. Beaucoup d'autres ont été arrêtés...

Ben sentait venir la chute de l'histoire.

— Et toi ? demanda-t-il.

Et la pointe d'angoisse dans sa voix commençait à être perceptible.

— Moi ? Moi... Je me retrouve à la tête d'une assez grosse somme... J'étais le grand argentier du groupe. Je ne sais pas quoi en faire, Ben. J'hésite à en parler à Ben Gourion, parce que cela mettrait au grand jour les divergences que j'ai pu avoir avec lui.

Ben prit le temps de réfléchir. Son expérience militaire des derniers mois pesait à présent de tout son poids. Il avait vu la mort, il l'avait donnée. Il avait vu des milliers d'hommes prêts à mourir, prêts à tuer. Il avait vu un petit bout de l'apocalypse qui s'abattait sur la planète. « Avec tout ce qui se passe dans le monde, se disait-il, nous en sommes là, à nous déchirer pour un bout de terre caillouteuse... Nous nous entre-tuons pour servir les intérêts de trois ou quatre ambitieux qui se drapent dans le sionisme en prenant des poses avantageuses. Quel gâchis... »

— Jusqu'à quel point es-tu impliqué ? demanda-t-il enfin à son père.

— Je n'ai pas personnellement participé aux attentats ou aux attaques de banques... On se fait vieux, tenta-t-il de plaisanter.

— Et ça représente vraiment beaucoup d'argent ?

— Quelques malheureux millions de dollars, soupira Andreï.

Ben le regarda avec un respect non feint.

— Diable ! Tu ne te refuses rien ! Comme tu dis : un léger problème ! Je comprends que ça te pèse...

Il plaisantait pour tenter de désamorcer la tension qu'il sentait palpable. Le fait est qu'un pareil magot, si l'on savait qu'il était en possession d'Andreï, avait de quoi tenter bien des consciences.

— À part Stern lui-même, reprit-il, qui était au courant de tes activités ?

— C'était un homme très secret, confia Andreï. Je ne crois pas qu'il se soit confié à quelqu'un d'autre. Et puis, tout était très cloisonné, au cas où l'un d'entre nous tomberait entre les mains des Anglais.

— C'est parfait, dit Jeremy. On ne peut pas rêver mieux.

— Ce ne sera peut-être pas si simple, objecta Andreï. Certains de ses lieutenants sont devenus de véritables gangsters. C'est la dérive classique des groupes marginaux, au fond. Je ne veux surtout pas leur restituer quoi que ce soit, mais ils vont chercher à savoir où est l'argent.

— Vois Ben Gourion, trancha Ben. Raconte-lui tout. Péché avoué... Et puis j'ai une idée personnelle sur l'utilisation de ces fonds. L'armée italienne a plié bagage, en Sicile, sans rien emporter de ses armes et de ses munitions. L'armée américaine n'en a que faire, ce ne sont pas les mêmes calibres, ni les mêmes marques. Je crois que Don Carlo...

— Don Carlo ?

Andreï regarda attentivement son fils. Peut-être lui aussi avait-il des choses à lui confier...

— Un patriarche sicilien de mes amis, expliqua Ben. Enfin, plutôt une relation de Jeremy, au départ. Bref, je crois savoir qu'il a récupéré une masse énorme de matériels militaires. Et il n'a pas l'usage de toutes ces armes. On doit pouvoir faire affaire avec lui, et acquérir, pour une somme ridicule, des équipements en parfait état.

— Qui est cet homme ? insista Andreï. La référence à Jeremy, et, en sous-entendu, à son père, l'ineffable Alberto-Mishka, le laissait rêveur, et vaguement inquiet.

— Un industriel. Et tu sais ce que c'est : le plus difficile, dans le commerce, c'est la gestion des stocks.

Andreï vit bien qu'il ne ferait pas parler son fils. Pas aujourd'hui.

— C'est une excellente idée, Ben. Nous allons dès aujourd'hui nous mettre en quête d'un bateau discret entre Haïfa et...

— Messine, par exemple, suggéra Ben.

CHAPITRE 12

Naples

Les deux filles avaient la jupe et la vertu légères. Mais le colonel Poletti, un Italo-Américain qui, depuis la libération de Naples, avait été nommé gouverneur de la ville, ne trouvait rien à y objecter – sur le chapitre de la vertu en particulier.

À vrai dire, c'étaient les deux filles du jour. Son bon ami Vito Genovese, chef de la mafia napolitaine, la Camorra, avait le bon sens de remplacer, chaque matin, par une nouvelle paire de filles toutes interchangeables, tant elles étaient jolies, affamées et complaisantes, les deux favorites de la veille.

Cela commençait invariablement par des agaceries qui rendaient le colonel parfaitement fou de concupiscence, et se terminait inévitablement dans des envolées de frous-frous et de draps jadis immaculés. Le colonel Poletti avait beau avoir une ascendance italienne, il était trop américain pour aimer les amours ou les acrobaties complexes.

Il nageait donc dans un bonheur sans limites. Déjà, être nommé à cette fonction avait été un tel ravissement qu'il ne s'était pas demandé en vertu de quelle qualification – ou, dans son cas, grâce à quelle absence de qualification – il se retrouvait à un tel poste. L'idée que sa nomination ait pu être téléguidée, et suggérée à l'armée alliée par une coalition d'intérêts obscurs, ne l'avait pas même effleuré. Comme la plupart des imbéciles, il estimait qu'il était là en vertu de ses qualités intrinsèques.

Vito Genovese était lui aussi au comble de la félicité. Il n'avait pris que de bonnes initiatives, depuis le débarquement de Sicile, début juillet. Les conseils avisés de son très cher Don Carlo Vizzini n'y avaient pas été pour rien. Don Vito s'était prestement dégagé de ses relations suspectes avec des dignitaires fascistes qui manquaient de plus en plus de dignité. D'ailleurs, il ne les avait fréquentés que pour s'assurer que le business, comme il disait, ne serait pas perturbé par les crises de vertu de Mussolini et de ses sbires.

En tant que chef de la Camorra, Vito Genovese avait peu de convictions – sinon un appétit de puissance et d'argent quasi illimité. Le fascisme ne lui avait laissé, de l'un et de l'autre, qu'une portion congrue. À présent, il était au faîte du pouvoir, puisqu'il dirigeait le colonel qui dirigeait « sa » ville ; et il serait bientôt au faîte de la fortune, tant les affaires avec ces dizaines de milliers d'Anglo-Américains débarqués début septembre en Calabre étaient florissantes. Prostitution, fournitures de bouche et trafics divers alimentaient les caisses de la Mafia. Ainsi, Don Vito avait mis la main sur les réserves de pénicilline de l'armée américaine – quelques ballots malencontreusement « égarés » sur les quais. Et très obligeamment, il revendait au détail aux Américains qui l'avaient produit le médicament indispensable pour soigner les « souvenirs de guerre » que les « filles » de l'Organisation laissaient obligeamment en prime aux soldats qui louaient leurs services.

À la différence du colonel Poletti, Don Vito, qui ne croyait qu'aux miracles de San Gennaro, le saint patron de Naples dont le sang, conservé pieusement dans une ampoule, se liquéfie à chaque début d'année, s'était renseigné. Il avait ainsi appris que deux lieutenants de l'armée américaine, envoyés par leur hiérarchie à Don Carlo, avaient si bien négocié le soutien logistique de la mafia sicilienne que les Américains, ruisselants de reconnaissance, avaient pour ainsi dire supplié le « capo di tutti Capi » de leur faire part de ses desiderata.

« Nous sommes une vieille civilisation, avait expliqué Don Carlo au général en chef, qui avait fait tout exprès le voyage de Palerme à Caltanissetta pour rencontrer le vieux parrain. Chez nous, politique, affaires et relations humaines sont inextricablement liées. N'essayez pas d'influer maintenant sur les partis qui, inévitablement, vont se créer dans le vide institutionnel qu'a produit le renversement du Duce. Laissez faire le temps : ils viendront à vous plus tard.

« En attendant, dans la grande pagaille présente, laissez-nous la bride sur le cou. Nous sommes les seuls capables d'organiser le chaos. Regardez le ravitaillement : il y a de tout en Sicile et en Italie, et pour le moment vos troupes n'ont que leurs rations militaires à se mettre sous la dent. Confiez-nous l'organisation et la gestion de l'intendance. Vos soldats seront rassurés, divertis et requinqués en moins de deux. »

Le général, qui, deux mois auparavant, recommandait très fort à Ben et à Jeremy de ne s'engager en rien envers la Mafia, avait plongé. En quelques jours, des produits frais étaient arrivés de la campagne, et des filles accueillantes avaient repeuplé les nuits palermitaines.

Et il en était de même à Naples, à ceci près que ce que Don Carlo avait organisé, à la va-vite, et de manière d'abord artisanale, était devenu une industrie, sous la férule du très entreprenant – et impitoyable – Don Vito. L'armée y trouvait son avantage. En conséquence de quoi elle fermait les yeux sur les trafics les plus variés, la prostitution enfantine, les milliers de cartouches de cigarettes, de bouteilles de bourbon, de sacs de café et de bas nylon qui passaient directement des stocks U.S. aux entrepôts napolitains, et même, murmurait-on, sur un commerce de chair humaine.

Le colonel, à moitié dupe, à moitié complaisant, avait même autorisé Don Vito et ses hommes à débarrasser les docks de Naples des sacs de blé qui risquaient d'y pourrir, afin, avait expliqué le chef mafieux, de nourrir d'urgence cette malheureuse population affamée. Il avait même fourni, pour ce faire, chauffeurs et camions.

Bien sûr, le blé avait été revendu, à prix d'or, à une ville au bord de la famine. Poletti était-il tout à fait dupe ? Le soir même où les docks avaient été nettoyés, il avait invité Don Vito à une conférence devant son état-major, où le chef mafieux, présenté comme un notable de la Résistance, avait fait une forte impression en parlant, avec autorité, sur le thème : « Comment barrer la route à la corruption. »

À cette conférence, prononcée au mess des officiers, deux jeunes lieutenants, adossés au mur du fond, avaient regardé avec un certain détachement cet exercice de haute école de duplicité. Rien de ce qui venait de la Mafia ne les étonnait plus.

— Des nouvelles de Mina ? demanda soudain Jeremy à Ben, non sans une certaine perfidie.

— Pas la moindre, riposta Ben. Et, mon Dieu, je m'en passe.

Jeremy jugea qu'il n'était pas de saison d'asticoter son ami sur ses amours défuntes avec la belle « mafiosa ». Il changea même complètement son fusil d'épaule.

— Et ton père ? s'inquiéta-t-il.

Ben lui avait raconté les démêlés tragiques d'Andreï avec le groupe Stern.

— Il a vu Ben Gourion, comme je le lui avais conseillé. Ils se sont... rabibochés, si je puis dire. Ça ne t'a jamais frappé, à quel point les relations politiques ressemblent parfois à des relations de couple ? Amour fou, disputes et réconciliations... Toutes ces sortes de choses...

— Et pour les armes ?

— C'est en bonne voie. J'ai fait l'intermédiaire entre Don Carlo et l'Internationale sioniste. Le premier est prêt à s'entendre avec celui qui y mettra le prix – peu importe sa religion ou sa cause. Et les autres ont un besoin vital des marchandises que ce vieux salopard a sous le coude. Ils sont faits pour s'aimer.

Pendant une minute, les deux comparses restèrent muets, à écouter la péroraison du discours de Don Vito. « ... Et la bonne entente qui règne aujourd'hui entre nous préfigure, je le crois, les échanges bilatéraux ininterrompus de nos deux peuples, désormais. »

— Tu parles d'échanges bilatéraux ! gloussa Jeremy. Les Napolitains nous vendent notre whisky, nos cigarettes, et nos antibiotiques. Je n'aurais jamais cru qu'un peuple tout entier soit plus doué pour les affaires que...

— Tu allais dire : que nous ? rigola Ben. Non, vois-tu, c'est la même chose : la précarité rend ingénieux.

— Tu as des nouvelles de l'offensive ? demanda Jeremy.

— Le colonel Poletti, quand je l'ai interrogé, a pris un air entendu et m'a répondu : « Lieutenant, je ne peux pas vous donner de renseignements, tout est top secret. » Tu parles si ce pantin sait quelque chose de positif ! Tout ce que je sais, c'est que le maréchal Kesselring attend les Alliés avec vingt-trois divisions dans un site appelé Monte Cassino, qui barre l'accès à Rome. Et qui passe pour être imprenable.

— On n'en a pas fini, conclut philosophiquement Jeremy.

Dans la salle, des applaudissements nourris éclatèrent. Don Vito Genovese s'épongeait le front, en souriant à l'assistance qui l'ovationnait. « Décidément, pensait-il, ces Américains sont idiots. »

Deux jours plus tard fut organisée une conférence au sommet, qui réunit chefs mafieux et responsables militaires. Ben et Jeremy, intermédiaires désormais obligés de ces réunions bipartites, regardaient avec un amusement las cet aréopage étonnant de casquettes galonnées et de borsalinos impeccables. « On ne peut pas reprocher aux truands, glissa Ben à l'oreille de Jeremy, de se déguiser en truands. Après tout, nos militaires se déguisent bien en militaires !

— Et le pire, renchérit Jeremy, c'est que je me demande lesquels sont les plus militaires des deux ! »

Don Carlo était venu tout exprès de Sicile – sans sa fille, qui gérait sans doute les affaires courantes. Il laissa parler, sans s'impatienter. Jeremy, qui avait fréquenté des joueurs professionnels dans l'entourage de son père, pensa à certains joueurs de poker qu'il avait connus, qui, sans rien manifester, laissaient leurs adversaires s'écharper, pour ramasser la mise au dernier pot.

Quand chacun y fut allé de son conseil – et une majorité se dessinait pour une marche rapide sur Rome en remontant la botte italienne –, Don Carlo jugea qu'il était temps d'abattre ses cartes maîtresses.

— Vous ne passerez pas, lança-t-il, douchant à froid les ardeurs belliqueuses des galonnés. Les Allemands ont fortifié centimètre par centimètre toute la ligne Gustav, et vous ne passerez pas. À moins que vous n'attaquiez de deux côtés à la fois.

« Et encore, ce ne sera pas facile. Mais c'est réalisable.

Les généraux se regardèrent. Ils étaient partagés entre le mépris que tout militaire se doit d'avoir pour l'opinion d'un civil, et la curiosité : n'était-ce pas ce petit vieux mal habillé qui avait fait triompher, en moins de trois semaines, l'offensive de Sicile ? Quelles cartes avait-il dans ses manches ?

— Je peux vous certifier l'aide massive des patriotes italiens, s'avança Don Carlo.

« Les patriotes italiens ! » pouffa Ben à l'oreille de Jeremy. « C'est ainsi qu'il appelle la Mafia, à présent. Bientôt, il va nous expliquer que le Parti communiste est une sous-branche de Cosa Nostra ! »

— Nous avons déjà réfléchi à votre problème, continuait Don Carlo, en sollicitant du regard l'assentiment de Vito Genovese. Et à notre avis, dit-il en se levant et en se dirigeant vers la grande carte de l'Italie accrochée au mur, nous pensons que le meilleur point pour débarquer des troupes de contournement serait... (il saisit une longue règle et frappa un point de la côte)... ici, à Anzio.

Un peu plus tard, pendant que les têtes creuses de l'état-major discutaient entre elles de la suggestion de Don Carlo, Ben et Jeremy eurent le temps et l'opportunité de lui présenter vraiment leurs respects : ils l'avaient salué de loin, du regard et de la main, à son entrée dans la salle.

— Bonjour, mes enfants, leur lança le vieux mafioso. Mina vous embrasse bien tous les deux – et ce sont ses propres paroles.

— Vous lui présenterez nos respects, Don Carlo, commença Jeremy.

Il parlait en italien, pour mettre Don Carlo en confiance. Ben avait fait des progrès considérables, qui lui permettaient désormais de suivre n'importe quelle conversation. Et d'y participer, au risque de quelques fautes de syntaxe dont personne ne lui tenait rigueur. Jeremy avait même remarqué que les impropriétés de son ami faisaient naître sur les visages les plus sévères des sourires compatissants (« Bravo à l'étranger qui fait l'effort de parler toscan ! »), et soupçonnait même à présent Ben de glisser volontairement des à-peu-près dans la conversation rien que pour détendre l'atmosphère.

— Je vais vous mettre à l'aise, reprit le *capo*. En

quoi puis-je vous aider ? Car je vous le dis tout net :
votre première ambassade s'est achevée de manière si
satisfaisante que je me sens presque une dette envers
vous.

— Eh bien, nous venons vous offrir la possibilité
d'inverser à tout jamais cette dette, et de faire de nous
vos obligés pour la vie. » Il baissa la voix. « Vous avez
été contacté par des émissaires d'un certain Ben Gourion, dit-il en regardant Don Carlo droit dans les yeux.

— C'est vrai, répondit le vieux renard. Mais nous
ne serons pas trop de quatre pour parler.

Il leva la main et cria :

— Vito !

Genovese s'empressa. Il ne se sentait en aucune
façon le vassal de Don Carlo, mais entre chefs suprê-
mes, ils savaient que l'on ne se hélait ainsi que lorsque
la situation l'exigeait. Don Carlo se retourna vers les
deux amis, au moment où le gros Napolitain les rejoi-
gnait.

— Y a-t-il ici une salle tranquille, où nous pourrions discuter sans avoir des militaires ou des journalis-
tes sur le dos ?

Ben et Jeremy les entraînèrent dans une annexe de
la salle de conférences, et en firent sortir le M.P. qui
la gardait.

— Ces jeunes gens, que tu as dû apprendre à
connaître, commença Don Carlo, veulent voler de leurs
propres ailes. Ils ont besoin de... (Il parut hésiter.)... de
tes conseils, Vito.

Le chef de la Camorra se rengorgea. Il lui allait
assez bien que l'on s'adressât à son orgueil avant de
parler à son portefeuille.

— Je les connais bien, depuis qu'ils se sont présentés à moi sous ta recommandation. Allons, parlez, dites ce que vous avez sur le cœur. Vous nous êtes... chers. Et nous serons pour vous comme des... parrains.

L'hésitation volontaire, qui mettait en relief le « caro » (cher) et le « padrini » (parrains), parut à tous une excellente plaisanterie. Pour être chers ! Ils étaient même juteux !

— Nous parlons au nom d'un État qui n'est pas encore né, dit Ben. Un État qui demande à naître. Et qui a besoin de moyens pour cela. De moyens militaires.

— Ces enfants font allusion aux stocks d'armes que nous avons constitués, toi et moi, le coupa Don Carlo. Mon métier, continua-t-il en s'adressant aux deux amis, est un peu loin de ces jeux stratégiques. Mais il est vrai que je dors, si je puis dire, sur un arsenal considérable.

— Moi de même, surenchérit Don Vito. À ceci près que les armes que tu possèdes ont été confisquées aux Italiens, et aux Allemands, et que celles que je détiens viennent directement des entrepôts de l'armée américaine.

— Tu as déjà fait des affaires dans le domaine, si je ne m'abuse, insinua doucement Don Carlo.

— Oh, des broutilles... Quelques milliers de mitraillettes vendues aux partisans serbes d'un certain Tito.

— Passées par...

— Par Bari. Le débarquement de Montgomery a débarrassé les Pouilles de toutes les unités fascistes qui y séjournaient. Ç'a été très facile. De Bari à Bar. Un jeu d'enfant.

Il regarda ses jeunes interlocuteurs.

— Et où faudrait-il livrer, cette fois ?

Ben hésitait. Ce secret n'était pas uniquement le sien.

— À Haïfa, lança brusquement Jeremy.

Il se retourna vers Ben.

— Ces messieurs sont des hommes d'honneur, et il ne leur viendrait pas à l'idée d'exploiter pour leur compte un renseignement fourni dans une conversation d'affaires.

— Ou plutôt, précisa Don Vito, ça nous viendrait à l'idée, mais nous ne le ferions pas. Où se situe Haïfa ? demanda-t-il à Don Carlo.

— Sur la côte de Palestine – au Liban, résuma-t-il.

— Pas la porte à côté, jugea Genovese.

— La rémunération serait, bien entendu, à la hauteur de la tâche – et de la qualité de la marchandise.

Don Vito se rengorgea.

— Je ne vends que des armes en parfait état, dit-il sur un ton de bonimenteur. Et je ne vends rien dont je ne puisse, en même temps, assurer... comment dire ? Le service après-vente...

— Pas d'armes sans munitions, dit Don Carlo. Ça va de soi.

— Combien vous en faudrait-il ? avança Genovese.

— Beaucoup. Un bateau entier.

— Payables...

— En dollars, dit Ben. De vrais dollars américains.

— Jeune homme, répliqua Don Vito en lui tendant la main, vous avez des mots magnifiques. Des dollars américains !

— Avec quoi t'a payé ce... Tito ? demanda Don Carlo.

— De l'or, expliqua Genovese. De l'or piqué aux

Allemands. De belles barres d'or portant le sceau de la Deutsche Bank.

— Je me demande où les Allemands se sont procurés de l'or, dit tout haut Ben. Juste avant la guerre, leurs coffres étaient bien vides...

— Jeune homme, l'interrompit Don Carlo, voilà quatre ans qu'ils pillent l'Europe. Croyez-vous qu'il y ait une différence entre les méthodes d'un État et celles de nos... organisations ? La seule, écoutez-moi bien, c'est que nous sommes moins gourmands. Moins cruels. Moins systématiques. Nous laissons à ceux que nous pillons de quoi vivre. Eux, ils ne leur laissent même pas le choix de mourir.

— Tu parles bien, sourit Genovese.

Il regarda une dernière fois Ben et Jeremy.

— Vos représentants peuvent me contacter quand ils le désirent – et le plus tôt sera le mieux. Qu'ils utilisent vos noms comme passeports. Nous nous faisons dorénavant confiance.

— Vous promettez de nous vendre... commença Ben.

— Quand je dis « j'achète », j'achète. Quand je dis « je vends », je vends. Et quand je dis « je donne »... Je dis !

— Tu ne donnes jamais rien, se mit à rire Don Carlo.

Vito Genovese était plié en deux de rire. Ses bajoues ballottaient sous les hoquets.

— Ça, tu as parfaitement raison !

Il se ressaisit.

— Paiement moitié-moitié, à la commande et à la livraison. Ah, la livraison se fera en mer. Je vous vends le bateau, et l'équipage, si vous voulez. Un gros cabo-

teur les suivra, pour les récupérer. Je n'aventure pas
des armes dans des eaux territoriales contrôlées par des
Anglais. Ce sont des gens sans humour.

Il avait encore, au fond des yeux, des larmes de rire.

— Quand je dis « je vends », reprit-il, je vends. Et
quand je dis « tu paies »...

— Nous paierons, Don Vito, le rassura Ben. Nous
paierons cash.

CHAPITRE 13

Anzio

On dit toujours : « Le Midi, la Méditerranée !... »
avec une extase dans la voix.

Parce qu'on imagine toujours le soleil, la plage,
l'été.

Essayez donc la Tyrrhénienne début décembre, par
une nuit sans lune, avec un vent du nord qui joue à
rebrousser les vagues sur le frêle dinghy où vous avez
pris place... Ballotté comme un sac de sable frappé par
un boxeur ivre.

— Tu sais quoi ? hurla Jeremy pour se faire entendre au milieu des rafales. Je m'imaginais l'Italie autre-
ment.

— Tu sais quoi ? dit Ben en écho. Moi aussi !

Pour la seconde fois en un semestre, ils se retrou-
vaient à barboter sur une mer hostile, ramant, contre
vents et vagues, vers une côte sans lumières, à cause
du couvre-feu. De la terre, ils ne distinguaient rien : le
capitaine du sous-marin qui les avait largués au large
leur avait indiqué une direction, et confié une bous-
sole.

Et ils ramaient.

Le choc contre un haut-fond jeta Jeremy sur son ami,

et mit Ben presque à l'eau. Jeremy le retint, in extremis, par le col de sa veste de camouflage.

Instinctivement, ils se retournèrent vers la terre.

Et ils ne virent rien. La côte où ils étaient en train d'aborder était plate comme un lac. « Sable et roseaux. Des marais, dès qu'on passe à l'intérieur. Les premières collines sont à quelques kilomètres. » Ils se remémoraient le briefing du Service Action.

Puis ils distinguèrent une ligne plus noire que le ciel. Sur la gauche, les premières maisons de ce qui devait, théoriquement, être le port d'Anzio. Le courant, dont ils craignaient qu'il ne les éloigne de leur point de chute théorique, les avait en fait rapprochés de la petite ville.

Ils pataugèrent dans l'eau glacée, s'efforçant de ne pas glisser, peu soucieux de prendre un bain dans la Méditerranée de décembre.

Posément, ils prirent le temps de dégonfler le dinghy, et de creuser le sable froid avec leurs couteaux pour l'enfouir. Plus tard on le trouverait...

Et ils attendirent.

L'action secrète est faite d'attente et de patience. D'observation. De contacts que l'on espère.

En théorie, un groupe de résistants devait les réceptionner. Mais ils avaient beaucoup dérivé sur la gauche. Les partisans devaient être deux ou trois kilomètres plus bas.

Ils attendirent jusqu'à ce que, très loin à l'est, le ciel ait un tressaillement d'aube.

— C'est mal parti, dit Jeremy.

Ben opina. Il ne voyait pas comment deux hommes en tenue camouflée, le visage barré de larges bandes de noir de fumée, pourraient survivre en plein jour en territoire fasciste.

Depuis le débarquement de Sicile, la situation en Italie avait évolué à toute allure – puis s'était figée, comme honteuse d'être allée trop vite.

Mussolini, arrêté sur ordre du roi le 25 juillet, interné dans les Abruzzes, avait été délivré par un commando S.S. au mois de septembre. Il avait accepté d'être la marionnette d'un gouvernement pro-nazi pur et dur, à Salò, sur les bords du lac de Garde.

Dans le sud, le vieux maréchal Badoglio avait constitué un gouvernement parallèle, qui s'était empressé de déclarer la guerre à l'Allemagne. De sorte que l'Italie était divisée entre deux régimes fantoches, deux marionnettes dont les fils étaient, au sud, agités par les Américains, et au nord par Hitler.

Les Italiens sentaient le spectre de la guerre civile planer sur le pays – d'autant que les partisans, presque tous d'obédience communiste, s'occupaient activement à combattre les nazis au nord, mais aussi à déstabiliser Badoglio au sud.

La seule force d'unification de ce pays morcelé – après tout, l'unification italienne avait moins d'un siècle –, c'était la Mafia, aussi à l'aise au sud qu'au nord.

Puis tout s'arrêta. L'avance alliée avait été stoppée net autour du Monte Cassino – une colline fortifiée qui coupait l'axe central de communication. Les Panzers apparemment occupaient le flanc sud-ouest. L'artillerie bloquait les pentes sud et sud-est. Et il ne s'agissait pas de soldats italiens un peu démobilisés, mais d'unités allemandes d'élite, distribuées intelligemment le long de la ligne Gustav, comme on appelait cette barrière de fer et de feu parfaitement infranchissable.

Infranchissable, vraiment ? C'était justement le rôle de Ben et de Jeremy, en liaison (théoriquement !) avec les partisans, que de s'en assurer. Don Carlo avait raison sur toute la ligne : seul un débarquement sur le flanc – et même les arrières – de l'armée allemande pouvait débloquer la situation. Restait à vérifier de quel côté étaient installées les batteries. Les chars arriveraient-ils à tenir seuls contre un débarquement massif ? Comment la côte était-elle gardée ?

Autant de questions auxquelles seule une vraie inspection sur le terrain pouvait répondre.

— Les partisans nous assurent que tout est calme du côté d'Anzio, leur avait expliqué le colonel qui avait monté l'opération. Mais ils ont tellement envie de nous voir arriver qu'ils sont prêts à dire à peu près n'importe quoi. Ou peut-être surestiment-ils simplement nos capacités. Je me soucie fort peu d'envoyer cinquante mille hommes se faire hacher par une meute de chars Tigre. Alors, vous y allez, vous observez, vous revenez. Et presto, comme ils disent ici.

D'Allemands, pour l'heure, pas de traces. Le petit jour menaçait – une aube grise d'hiver, mais une aube quand même. Il n'y avait encore personne dans les rues, mais Ben et Jeremy, planqués sous un porche, sentaient la ville frémir, s'agiter dans ses draps. Il fallait prendre une décision rapidement.

Une porte s'ouvrit. Un pâle rayon de lumière coupa l'ombre de la ruelle.

Un homme sortait à reculons – puis rentrait, puis ressortait.

Les roucoulades qui accompagnaient sa valse-hésitation renseignèrent les deux espions mieux qu'un film en direct.

— Oh, Fabrizio, murmurait une voix énamourée, reste encore un peu.

— Mais, Claretta, ma colombe, c'est l'aube ! Tout le monde va me voir sortir de chez toi. Pense un peu...

— Fabrizio ! Après tout ce que je t'ai donné cette nuit...

— Je sais, mon amour, ma puce, ma mésange... je sais... Je t'aime...

— Oh, comme je t'aime aussi, reprenait la voix éolienne de la créature de rêve dont Ben et Jeremy ne voyaient pour le moment que les bras, qui enserraient la veste de velours brun d'un jeune homme qui tentait de s'arracher à l'étreinte, et revenait pourtant s'y soumettre.

— Arrive ! souffla Ben en bondissant.

Ils bousculèrent le jeune Fabrizio, le refoulant carrément dans la maison qu'il s'obstinait à ne pas quitter, et bousculèrent aussi une jeune fille très brune, aux yeux très bleus, qui tenait à la main une lampe à pétrole et faillit la laisser tomber, de saisissement.

— Tss, tss..., dit Jeremy en secouant la tête, c'est comme ça qu'il arrive des accidents.

La fille allait hurler. Ben para au plus pressé, et la ceintura en lui mettant la main droite sur la bouche.

Sa main gauche, en même temps, se referma sur un sein de marbre. « Oh ! », fit-elle. « Diable ! » pensa-t-il.

Jeremy mit tranquillement son browning sur le ventre du jeune Fabrizio, qui, effaré, ouvrait des yeux énormes. Sa bouche, béante sur un cri qu'il refoula sagement, se referma peu à peu.

— Là, dit Jeremy. Sages ! Nous ne vous voulons aucun mal !

La Claretta se tortillait contre Ben comme s'il avait été une boule d'épingles géante. Elle dégagea enfin sa bouche, et protesta à voix haute.

— Non, mais, qu'est-ce que c'est que ces manières !

Elle fusilla Fabrizio du regard.

— Fabrizio, enfin, fais quelque chose !

Le jeune homme, un tant soit peu désemparé, lui désigna l'arme que Jeremy s'obstinait à braquer sur son nombril, d'une main très ferme.

— Vous autres, conclut Claretta avec une logique toute féminine, vous êtes tous des dégonflés !

Elle se dégagea d'un coup sec. Ben était partagé entre l'envie de la garder contre lui, et un rire énorme qui le secouait intérieurement.

— Et d'abord, qui êtes-vous ?

— Amis, dit Ben.

Claretta le regarda fixement.

— *Americani, si ?*

— Vous êtes fous, soupira Fabrizio. La ville est pleine de fascistes et d'espions nazis.

— C'est un peu pour ça que nous sommes ici, ricana Jeremy. Nous avons vu de la lumière, nous sommes entrés. On nous a tant parlé, aux « States », de la légendaire hospitalité italienne !

— Parce que vous comptez rester ? s'insurgea Claretta.

— Mon chou, enfin, s'indigna Fabrizio, où veux-tu qu'ils aillent, dans cette tenue, et à cette heure ?

Le jeune homme se ressaisissait.

— Avez-vous un point de chute ? demanda-t-il à Jeremy.

Celui-ci abaissa enfin son arme. Ils étaient à nouveau entre gens civilisés.

— Nos contacts nous ont posé un lapin, avoua-t-il. Ou plus exactement, nous ne nous sommes pas trouvés. (Cela, il pouvait le dire sans se compromettre.) Tout ce qu'il nous faut, c'est un abri jusqu'à ce soir. Après, nous nous débrouillerons.

— Mais vous ne connaissez pas le pays ! s'exclama Fabrizio.

— Eh bien ! Vous nous servirez de guide, proposa Jeremy.

— Oh ! Fabrizio ! s'il te plaît ! Ne les écoute pas !

— Claretta, mon amour, dit posément le jeune homme, toute l'Italie secoue ses chaînes, et tu voudrais que je reste les bras croisés ?

Il se retourna vers les deux amis.

— Vous resterez ici aujourd'hui, décida-t-il. Claretta vous trouvera de quoi manger, et un lit pour vous reposer.

— Et vous ? s'enquit Ben.

— Je dois sortir, dit Fabrizio. Si je ne vais pas à mon travail, c'est là que ce serait dangereux. Ils ne manqueraient pas d'avoir des soupçons. Mon patron est un fasciste, un vrai, et tous ses employés disparaissent les uns après les autres, parce qu'ils prennent le maquis. Je ne voudrais pas qu'il vienne faire une perquisition chez Claretta.

— Non, il vaudrait mieux pas, dit Jeremy d'un ton ambigu. D'ailleurs, si nous vous laissons partir, c'est à condition qu'elle reste ici, toute la journée.

— Si vous croyez que je vais tolérer d'être prise en otage... commença la jeune fille, indignée.

— Je crois que oui, affirma Ben. Mais vous verrez, continua-t-il avec un sourire, nous sommes des preneurs d'otage très civilisés.

— Vous ne prendrez rien du tout, lança-t-elle avec force.

Fabrizio la prit à part.

— Claretta, ma colombe, écoute... S'il te plaît, Claretta ! Tu ne vas pas en mourir, et ces deux Américains se conduiront certainement en gentlemen. Je ne te laisserais pas avec des Italiens, non ! Mais des Américains bien élevés... Et tu sais qu'il est vital que nous ne nous fassions pas remarquer... Pas maintenant... Écoute, tu m'as toujours reproché de ne pas m'engager. Eh bien, l'engagement vient à moi, et je ne le laisserai pas passer. Ce soir, dès que j'ai fini, je reviens. Tu ne les reverras plus de ta vie ! Mais laisse-moi l'opportunité de devenir un héros, ma chérie ! Pour toi !

Jeremy et Ben écoutaient l'air de rien, et appréciaient, en connaisseurs, la dialectique de Fabrizio. Ils avaient convaincu des chefs de la Mafia. Mais c'est un travail d'enfant, comparé à la tâche herculéenne qui consiste à convaincre une femme.

Mais Claretta avait envie de se laisser convaincre, et elle ne protestait plus que par principe, pour signifier à ces trois mâles qu'elle n'était pas fille à se laisser docilement manipuler par la gent masculine.

— D'accord, pars, laisse-moi avec eux, sacrifie-moi à ton confort ou à ton ambition !

Fabrizio ne protesta pas. Il avait emporté le morceau, et il n'en était pas mécontent.

— À ce soir, dit-il rapidement, en envoyant un

ultime baiser, du bout des doigts, à sa fiancée. Je vous rapporterai à manger. Je ne sais pas si le garde-manger de Claretta suffira pour nourrir deux grands gaillards comme vous. *Arrivederci !*

Fabrizio parti, Claretta changea du tout au tout. De diablesse revendicatrice qu'elle était, elle se fit tout sucre tout miel.

— Montez à l'étage, leur dit-elle. Il y a une bonne chambre, avec un grand lit. (Elle rougit) Il n'est pas fait, mais vous m'excuserez...

— Je reste avec vous, décida Ben. Et, voyant Jeremy sourire dans sa barbe, il ajouta, mi-figue mi-raisin : Nous dormirons à tour de rôle. Ce sera plus sûr. Je ne veux pas perdre mademoiselle des yeux. On ne sait jamais, avec les femmes.

— Ça, je te fais confiance, lança Jeremy en anglais. Tu ne risques pas de la perdre des yeux, si tu continues à la dévorer comme tu fais. Et, si ça ne t'ennuie pas, je ferais bien un somme. Réveille-moi vers midi.

Jeremy ôta ses boots, et s'allongea sur le lit tout habillé. Les draps froissés sentaient l'amour. Il ferma les yeux. Pendant son mois de perm' à New York, il n'avait même pas eu envie de contacter l'une ou l'autre de ses anciennes conquêtes. Sa mère voulait lui présenter des jeunes filles bien sous tous rapports, qui, disait-elle, mouraient d'envie de voir un héros en chair et en os – et un héros juif, de surcroît –, mais il avait expliqué à sa marieuse de mère qu'il aspirait à un peu de tranquillité en famille.

En vérité, le souvenir de Myriam le hantait. Pas de manière continue. Il pouvait passer des heures à vaquer à ses occupations, et soudain le visage de la jeune fille, avec ses cheveux noirs et ses yeux bleus, venait le frapper comme une bouffée de vent – un vent de tempête qui ne laissait rien debout dans sa conscience.

Et là, dès qu'il s'était senti en sûreté, il avait senti revenir Myriam, de derrière ses paupières closes, il l'avait senti déferler au moment même où il ramenait sur lui le drap tout imprégné de l'odeur de Claretta, comme si l'âme de la jeune Juive flottait sur le parfum de la belle Italienne.

Lentement, glissant peu à peu de l'état conscient au sommeil, il orienta ses rêves vers la femme de ses pensées.

— Je ne sais pas à quoi tu rêvais quand je suis venu te réveiller, lui confia Ben, mais tu vagissais comme un nouveau-né, en poussant de petits soupirs extasiés. Elle était belle, au moins ?

— Imbécile ! répliqua Jeremy en souriant. Et toi, tu as poussé jusqu'où ta surveillance rapprochée de Claretta ?

— Nous avons joué aux dominos, soupira philosophiquement Ben. En nous racontant la guerre. Monsieur dormait, et moi je la faisais parler. Apparemment, le gros des troupes allemandes a quitté Anzio la semaine dernière, pour épauler le front sud-ouest des défenses allemandes. Il n'y a plus dans la région qu'une arrière-garde, et quelques soldats italiens moyennement mobilisés.

— Alors, ce sera facile, conclut Jeremy. Ils pensent sans doute que l'attaque redoublera par terre. Ils n'attendent pas une contre-attaque par la mer. Il faudra simuler un renforcement de l'infanterie de campagne, et débarquer des troupes d'intervention rapide ici. Des paras, aussi. Pas de matériel lourd.

Ils avaient dormi à tour de rôle toute la journée, ne se réveillant que pour faire un sort au buffet lamentablement dégarni de Claretta : du pain rassis, des confitures, un peu de parmesan très sec. Mais, pour faire passer tout ça, un asti spumante que la jeune fille gardait en réserve pour fêter la Libération – une merveille.

Fabrizio revint vers sept heures. Il tapa de manière sans doute convenue à la porte, car Claretta bondit en rosissant de plaisir et en s'écriant : « C'est Fabrizio ! »

Le jeune homme rapportait avec lui de vraies provisions de bouche, et ils firent, tous les quatre, une dînette improvisée qui prit des allures de festin. Le jeune homme leur avoua qu'il avait cassé ce qui lui restait de tirelire pour offrir aux « Americani » de telles délicatesses, et Jeremy, sur un signe d'assentiment de Ben, tira de la doublure de sa ceinture une liasse de lires épaisse d'un doigt.

— Mais je ne veux pas de votre argent ! protesta le jeune Fabrizio.

— Prenez-le quand même, conseilla Ben. Ce sont des billets authentiques, et de toute manière, nous devions le donner aux résistants qui nous ont fait faux bond. Alors, autant qu'il serve à quelqu'un.

— Je n'en veux pas !

— Eh bien, nous le donnerons à Claretta, conclut Ben. (Il se tourna vers la jeune fille.) Si votre ami s'engage effectivement dans la résistance, il en aura besoin, dit-il. Alors, soyez raisonnable pour deux.

Claretta prit la liasse énorme sans fausse honte.

— Les hommes ne comprennent jamais rien à

l'argent, dit-elle en secouant la tête. Ils le dépensent à des bêtises, et le refusent quand ils en ont besoin. Je vous jure que cette somme ne servira qu'à la libération de l'Italie.

Sur ces fortes paroles, ils trinquèrent tous quatre en choquant leurs verres. Après tout, ils avaient sensiblement le même âge. C'était la jeune garde qui se jurait de déblayer le monde de ses vieux démons. C'était l'espoir d'un monde meilleur, que ces quatre gamins qui échangeaient des sourires à travers le cristal de leurs verres.

La nuit était encore plus hostile que la veille. Il bruinait avec obstination – une vapeur plutôt qu'une pluie, mais qui transperçait lentement, et sûrement.

Rangés contre le mur extérieur de la maison de Claretta, il y avait trois vélos.

— Bravo ! le félicita Jeremy. Bonne idée ! Ça n'a pas dû être facile à trouver ?

— Des amis me les ont procurés – et sans que j'aie besoin de leur révéler quoi que ce soit, s'empressa-t-il d'ajouter en voyant la mine inquiète de Jeremy. Bon. Où allons-nous ?

— Là où il y a des troupes, dit Ben. Nous devons savoir à quelle distance de la ville sont les premières lignes allemandes. Vers où sont braqués leurs canons. De combien d'hommes ils disposent. Combien de chars. Ce genre de choses...

— Je vois, dit Fabrizio. Eh bien, je sais où passer. Il faudra peut-être appuyer un peu sur les pédales, parce que le chemin sera cahoteux. Mais au moins, je suis sûr qu'il n'est pas surveillé. C'est une sente utili-

sée par les paysans, trop étroite pour laisser passer
une voiture.

Ils s'éloignèrent dans le noir, le visage tendu par
l'effort pour percer le rideau de nuit et de pluie qui
les enveloppait.

Le chemin de terre se révéla en fait une sorte de
digue qui courait entre les marécages de cette région
plate et insalubre. Les roseaux et les joncs faisaient, de
part et d'autre, deux murs hérissés de piques noires.
Les roues des vélos patinaient dans la boue huileuse.
Un hibou, occupé à dépecer un rat d'eau, s'envola lourdement en protestant à leur passage.

Combien de temps pataugèrent-ils ainsi ? Fabrizio
semblait insouciant. La pèlerine au vent, il menait le
petit convoi.

La nuit s'appesantit davantage, et le froid s'intensifia.

Ils roulèrent ainsi près de deux heures – jusqu'aux
premiers contreforts de la chaîne qui sert d'épine dor-
sale à l'Italie. De vastes champs balayés par les vents
d'hiver avaient succédé aux marécages, puis de petits
bois. Le chemin se fit plus tortueux, et commença à
monter.

Ils traversaient un bosquet de chênes verts quand
Fabrizio leva la main. C'est à peine s'ils le virent, dans
les ténèbres qui les enveloppaient. Ils obéirent surtout
au grincement des freins.

— Qu'est-ce qu'il y a ? demanda Jeremy en reprenant son souffle.

— Nous laissons les vélos ici, dit Fabrizio. Au-delà,
ça monte vraiment, et nous serons en terrain découvert.
Mais je crois qu'à partir d'ici, vous allez pouvoir

observer de près ce pour quoi vous êtes venus de si loin.

Ils appuyèrent les bicyclettes aux arbres, et s'enfoncèrent au cœur des ténèbres.

Ils progressèrent ainsi encore une bonne heure. La pluie avait cessé, et le vent du nord, glacial, commençait à déchirer les nuages en formes fantastiques, éclairées par en dessous par un ciel dur d'hiver, et des étoiles rares et pudiques.

— Là, dit soudain Fabrizio, vous les voyez ?

Les Allemands, à moins de cinq cents mètres, montaient un camp – en pleine nuit. De puissants projecteurs, alimentés par des groupes électrogènes, donnaient à la scène le caractère d'un plateau de théâtre, et permettaient de ne rien perdre, même à cette distance, des efforts des hommes.

— Ils s'enterrent, observa Ben.

Les fantassins creusaient effectivement dans la tourbe épaisse, et bâtissaient des murs successifs derrière lesquels pointaient les canons des batteries anti-aériennes. « Toutes braquées sur le sud-est », nota Jeremy. Manifestement, les Allemands n'avaient aucun doute : l'attaque se déroulerait à flanc de coteaux. Dans leur idée, les troupes alliées bloquées à Monte Cassino ne pouvaient tenter de s'en sortir qu'en esquissant un mouvement tournant – gagner la plaine côtière pour essayer d'envelopper les défenses allemandes.

Durant la nuit, au prix de marches épuisantes, les trois observateurs passèrent ainsi d'une colline à l'autre. Partout des tumulus nouveaux naissaient sous la pioche des fantassins exténués. Ils entendaient les commentaires assez peu amènes des soldats harassés, obligés, en pleine nuit, de continuer le travail, pour se retrouver prêts, au petit jour, à soutenir une éventuelle offensive alliée.

— Attention ! souffla Jeremy.

Le premier, il avait entendu, dans cette nuit hantée de la rumeur des travaux de terrassement, le pas régulier d'une patrouille. Ils se jetèrent dans un fossé qui les camoufla très imparfaitement.

— Ils sont deux, murmura Ben.

Les deux soldats effectuaient une ronde, la torche électrique à la main, le fusil sur l'épaule. Ils ne parlaient pas. Sans doute la nuit, la boue, la pluie avaient eu raison de leur optimisme. Ils faisaient leur boulot. Sans se poser de questions.

— S'ils nous découvrent ? frissonna Fabrizio.

— Ne bouge surtout pas, ordonna Jeremy.

Il n'en avait pas l'intention ! Fabrizio, avec terreur, le vit sortir de sa botte un court poignard de commando, à lame large, tranchant des deux côtés. Il se retourna vers Ben : lui aussi avait le poignard à la main.

Le pâle faisceau des torches flotta au-dessus d'eux. Fabrizio aurait voulu s'enfoncer dans le sol, se faire ver de terre, devenir caillou. Il ferma les yeux.

Et soudain, à travers ses paupières closes, il perçut le rayon de lumière qui se braquait directement sur lui.

Il garda les yeux fermés, comme pour conjurer la réalité aveuglante : ils avaient été découverts.

Dans le même instant, il entendit l'exclamation des deux sentinelles, et il sentit sur son cou un large déplacement d'air. Puis deux chocs, ce bruit flasque, insupportable, d'un corps heurtant un corps.

Quand enfin il consentit à ouvrir les yeux, il hésita un instant à comprendre ce qu'il voyait. Les deux sol-

dats allemands paraissaient figés sur la route, curieusement enlacés par Ben et Jeremy, comme s'ils allaient
se lancer dans une valse lente très sensuelle, les visages
l'un contre l'autre, comme s'ils voulaient se respirer
l'haleine.

Soudain la posture se défit, et les deux militaires
glissèrent mollement aux pieds des deux espions.

Ben et Jeremy, haletants, restèrent un instant seuls
maîtres de la route, le poignard à la main.

Ils avaient, tous les deux, frappé dans les règles – de
bas en haut, juste sous les côtes à gauche.

L'un des deux soldats ne bougeait déjà plus. L'autre
avait un curieux mouvement, saccadé, de la jambe. Sa
torche était tombée, allumée, juste à côté de lui. Et
Fabrizio put voir que le regard du soldat était déjà parti
dans un monde sans pluie ni boue.

Il sentit une nausée le secouer des pieds à la tête.

— Filons, lança Jeremy. Nous avons vu tout ce que
nous pouvions voir.

Ils saisirent l'un et l'autre Fabrizio par un bras, et le
portèrent, plus qu'ils ne l'encadrèrent, pendant près de
cent mètres, à toute allure.

Le jeune Italien reprenait ses esprits. L'orgueil vint
à la rescousse. Était-ce bien lui qui prétendait encore
la veille qu'il s'engagerait pour la libération de son
pays ? Eh bien, il n'avait pas fini d'en voir, des cadavres ! Il se raidit. Ben et Jeremy sentirent sa résistance,
et le lâchèrent.

— Ça va ? demanda Ben. Tu tiens sur tes jambes ?

— Ça va...

Il déglutit une fois de plus. Sa nausée passait lentement.

Ils regagnèrent le petit bois où étaient rangées leurs bicyclettes, et repartirent, sans un mot, vers la plaine littorale.

Il était presque plus difficile de descendre que de monter. Sur ce chemin de terre détrempée, les roues dérapaient sans cesse, au moindre coup de frein intempestif. Et ils étaient tous trois d'humeur à voir des fantômes dans le moindre tronc d'arbre, un guet-apens à chaque buisson.

« Heureusement que la nuit dure longtemps, en cette saison ! » pensait Fabrizio. Lui seul, des trois, évaluait exactement la route qu'il leur restait à faire avant le jour, pour se retrouver à l'abri chez Claretta. « Bon sang ! Cette fille a du cran ! » pensa-t-il. Et le souvenir brûlant de Claretta l'encourageait à appuyer sur les pédales.

Ils retrouvèrent le marais, puis les premières maisons.

Fabrizio tourna brièvement la tête.

Derrière les collines dont ils déboulaient, se préparait une aube spectaculaire. Des nuages rouges comme le sang versé plombaient le paysage, tel un fard à paupières outrancier.

Ils en étaient à descendre de leurs vélos quand la porte de Claretta s'ouvrit. La jeune fille, en peignoir, passa la tête dans l'embrasure.

— J'ai entendu les freins, expliqua-t-elle. Venez vite. Vous devez être congelés.

— Alors, comment s'est comporté mon Fabrizio ? s'enquit Claretta.

Rien d'autre ne paraissait important à ses yeux. La guerre, la guerre civile, les massacres, les privations et le marché noir, tout s'effaçait devant cet unique souci : pouvait-elle encore être fière de l'homme qu'elle aimait ?

— Comme un chef, dirent en chœur Ben et Jeremy. Ils se regardèrent et tous quatre éclatèrent de rire, tant la déclaration avait été synchrone et spontanée.

Rassurée sur le plan moral, Claretta se préoccupa du bien-être physique de ses héros. Elle avait – avec précaution, pour ne pas se faire exagérément remarquer – utilisé le matelas de lires des agents américains pour leur procurer un repas quasi pantagruélique.

Ils se jetèrent sur la charcuterie (« Pur porc ! » dit Jeremy en plaisantant ; « Et alors ? » répliqua Ben, la bouche pleine de coppa et de pain), les pâtes cuites *al dente*, dans une sauce tomate enrichie de tomates confites, le rôti de veau encore tiède – cuisiné pendant la nuit avec amour et angoisse, les deux meilleurs ingrédients qui soient, par une Claretta aux abois –, et une farandole de desserts d'hiver – pâtes d'amande et brioches aux raisins.

Claretta les regardait dévorer avec la satisfaction de la bonne ménagère honorée par l'appétit de ses hôtes. En même temps, elle ne pouvait s'empêcher de trouver étrange de se retrouver ainsi, à huit heures du matin, à servir un repas du soir à trois hommes boueux, mal rasés, maculés, pour deux d'entre eux, de taches suspectes, avec dans le regard quelque chose qui revenait de loin.

Ben, tout en dévorant à belles dents, ne pouvait s'empêcher de guetter, de biais, le regard enflammé de la belle Italienne. Amateur d'art passionné de belles choses, il admirait le plissé de la robe de chambre, l'élégance du bras, le délié du cou.

Le tissu, comme il regardait, glissa sur le genou de Claretta, découvrant, un court instant, une cuisse d'un galbe parfait, moulée dans cette peau de marbre blanc qui faisait son admiration depuis vingt-quatre heures.

Jeremy, l'air de rien, avait suivi le regard et les pensées de son ami.

— Décidément, mon pauvre Ben, glissa-t-il en anglais entre deux bouchées, tu ne changeras jamais !

Avec un soupir, Ben revint à ses préoccupations masticatoires. L'art, c'était très bien, mais après le bien-être.

— Et maintenant, dit Jeremy avec un soupir d'aise, en reculant sa chaise d'une vingtaine de centimètres, comme si son ventre gonflé avait poussé la table, maintenant il faut que nous retournions faire notre rapport.

— Comment était-ce censé se passer, si tout avait marché comme prévu ? demanda Fabrizio.

Les deux amis, sans se concerter, le traitaient dorénavant comme l'un des leurs. Simplement, ils se gardaient de dire quoi que ce soit que la torture pourrait ultérieurement lui arracher en leur portant dommage.

— Les partisans étaient équipés d'une radio, qui nous aurait permis de communiquer avec le quartier général. Il va falloir trouver autre chose.

— Et si vous vous embarquiez directement ? suggéra le jeune Italien. J'ai un ami pêcheur, qui part chaque nuit poser ses filets, et qui ne rentre pas avant l'aube. Nous pourrions certainement le convaincre de filer vers le sud, si le vent s'y prête...

— Il a donc une barque à voile ? s'étonna Ben.

— Il y a de telles restrictions sur le carburant que les pêcheurs ont repris les rames et les voiles – à l'ancienne. Ils vont moins loin, le travail est plus dur, le poisson plus rare.

— Eh oui, dit philosophiquement Ben, c'est la guerre...

Matteo se laissa convaincre. C'était un patriote – un vrai, pas un opportuniste qui sentait le vent tourner. La perspective de participer à une action clandestine, dangereuse, l'enthousiasma. Quelques solides coupures, qui lui permettraient d'améliorer sérieusement l'ordinaire, la perspective d'une prise de risque très limitée – il partait en mer, il reviendrait au matin, comme d'habitude, ni vu ni connu – achevèrent de le décider.

Vers huit heures du soir, il reçut à son bord, sans autre formalité, deux jeunes marins-pêcheurs auxquels leurs vareuses élimées, la barbe de trois jours, les mèches en bataille, donnaient une allure assez crédible de loups de mer malmenés par les tempêtes.

La barque fila directement au large, passant sans encombre sous le nez d'un patrouilleur allemand dont les marins impeccables regardèrent avec un dégoût un peu las ces trois minables qui s'affairaient avec leurs filets rapiécés.

Dès qu'il ne resta plus, de la terre, que les lumières incertaines du port, Matteo obliqua plein sud, en une large boucle. Le vent venait du golfe de Gênes, et les porta littéralement de l'autre côté du promontoire du Monte Circeo, là où l'enchanteresse, à en croire la tradition, avait son quartier général.

— Elle a transformé les compagnons d'Ulysse en pourceaux, raconta Ben à Jeremy. Tu t'imagines passer le reste de ton existence dans la peau d'un cochon ?

— Pour finir avalé par Fabrizio un petit matin ? Certainement pas !

— Bah ! soupira Ben, si c'était Claretta qui me dévorait, peut-être ne dirais-je pas non !

Matteo les abandonna un peu au sud. Il était près de quatre heures du matin. Ils avaient bien marché, mais à présent, il lui fallait remonter, et le vent, cette fois, lui serait défavorable. Et puis, il fallait bien qu'il pêche un peu, pour justifier sa longue escapade.

— J'ai l'habitude, et ma femme aussi, dit-il, non sans philosophie. Je resterai sans doute en mer toute la journée, et une bonne partie de la nuit prochaine. Bonne chance à vous !

— Bonne chance à toi ! lança Ben.

— Et merci ! surenchérit Jeremy.

— *Evviva l'Italia !* conclut le pêcheur.

CHAPITRE 14

Deganya

— Tu sais, Myriam, répétait Andreï à sa fille, il y a des jours où je doute...

La jeune fille, confrontée depuis quelques semaines à cet incessant discours, ne releva pas l'allusion. Elle savait bien que derrière la formule très générale, c'était le traumatisme de la mort d'Abraham Stern qui s'exprimait sans se dire.

— Ben et Jeremy font une vraie guerre, eux. Au moins, ils savent qui est l'ennemi, où est l'ennemi. C'est un combat clair. Nous sommes, ici, plongés en un combat douteux.

Depuis son retour de Sicile, Myriam en avait fini avec les atermoiements, la mélancolie et l'auto-apitoiement. Elle comprenait, certes, les scrupules et les doutes de son père. Il venait d'Europe, après tout. Il avait connu le Shtetl, les pogroms, ses parents morts, la Pologne éclatée sous la botte russe, les révolutionnaires pourchassés par le tsar, puis persécuteurs à leur tour... Vue de Palestine, l'histoire de l'Europe ressemblait effectivement à un chaos dépourvu de sens – « *a tale told by an idiot, full of sound and fury, and signifying nothing* » : les mots de Shakespeare, appris à l'université, revenaient parfois danser dans sa tête.

Mais elle, née en Palestine, formée par les combats qui devaient nécessairement mener à la création d'un État hébreu, elle avait fini d'être harcelée par le doute et les hésitations. Son histoire d'amour avec Fahrid avait été l'ultime sursaut de sa culture familiale : sentimentale et plus portée au rêve qu'à l'action. Dorénavant, c'était vers les combats réels que porteraient ses efforts, toute sa volonté tendue vers un seul but.

Aussi ne se laissa-t-elle pas circonvenir par son père. Il voulait l'endormir de généralités ? Elle répliqua en ramenant le débat au niveau du réel.

— Stern est mort comme il a vécu, lança-t-elle non sans violence. C'était un désespéré, un sentimental, un passionné qui a dépassé ses limites. Un irréductible qui avait fait le mauvais choix. Tu sais, un inconscient, c'est pire qu'un traître, en politique. Qui pouvait prévoir son prochain délire ? Tiens, regarde, Shaül, son ancien bras droit, est devenu un gangster à part entière. C'est peut-être le signe même que nous devenons un peuple comme les autres : nous avons nos propres crapules.

— Je sais bien, soupira Andreï. Mais tout de même ! Les Anglais ne lui ont laissé aucune chance ! Ils l'ont vraiment abattu comme un chien !

Il hésita. Sa voix baissa d'un cran.

— Et sur nos indications, encore !

— Et alors ? répliqua Myriam.

Elle réalisa que son père pourrait, finalement, la taxer d'insensibilité. Elle adoucit sa voix.

— Grâce à lui, reprit-elle, Ben et Jeremy vont nous fournir en armes. Tu vois, il aura servi à quelque chose, et à quelque chose d'important, même. Tous autant que nous sommes, si nous pouvions, en mourant, contribuer aussi puissamment à la construction et à la défense du futur État d'Israël, nous aurions bien de la chance.

Andreï regarda sa fille comme s'il la voyait pour la première fois. Ce jusqu'au-boutisme, cette rage de sacrifice lui étaient étrangers. Quelle génération avaient-ils donc engendrée ? Il secoua la tête, comme s'il se parlait à lui-même.

— J'espère – tu m'entends, Myriam ? J'espère vraiment que cette livraison se fera sans problème. Sinon, je suis à jamais grillé dans l'estime de Ben Gourion. Dieu sait ce qu'il irait supposer. Nous sommes à nouveau amis, et il l'a bien compris, quand je l'ai prévenu que des anciens du groupe Stern envisageaient de l'assassiner. Puisqu'ils n'ont pas pu accomplir le meilleur, ils sont capables du pire, désormais. Mais il m'a demandé des gages, vois-tu...

— Que veux-tu dire ?

— Stern...

Myriam regarda son père. Elle se sentait effarée, et luttait pour ne pas le montrer.

— C'est toi qui l'as exécuté ?

Andreï soupira.

— Non, avoua-t-il. Je suis peut-être faible, peut-être méprisable... Je n'ai pas la force d'abattre, de sang-froid, un être humain qui ne m'a rien fait. Même s'il est une menace. C'est un de ses proches qui s'est... dévoué.

Le tueur sanglotait en racontant l'exécution à Andreï. Il lui avait avoué qu'après avoir mis une balle dans la tête de Stern, il avait eu la tentation féroce de retourner l'arme contre lui. Il ne l'avait pas fait, parce qu'il avait pensé qu'il expierait mieux s'il expiait lentement. Et il était, aujourd'hui, devenu l'ombre de lui-même. Son meurtre lui collait à la peau, comme la tache de sang aux mains de Lady Macbeth.

— J'ai participé à deux meurtres dans ma vie, par personnes interposées. Chaque fois, pour abattre un Juif dont le parti pris menaçait la Cause. Et j'en rêve la nuit. Leurs ombres viennent me demander des comptes.

Sa voix se cassa. Pour la première fois, Myriam pensa soudain que son père vieillissait.

— Y a-t-il une cause qui vaille un meurtre ? demanda-t-il à sa fille en la regardant droit dans les yeux – cherchant une réponse aux questions qui le lancinaient dans ce regard d'un bleu plus profond encore que le sien, ces deux lacs sans fond qui le fixaient avec tendresse, mais sans réelle compassion.

— Tu es un Polonais sentimental, dit Myriam en souriant, pour tenter de détendre l'atmosphère. Regarde Ben Gourion : même âge que toi, polonais comme toi, mais tourné vers l'action.

— Tu as raison, dit Andreï. Il faudrait que je me secoue.

Il se sentait pitoyable. Il avait été un guide pour sa famille, jusqu'à ces derniers temps. Il avait guidé Sarah à travers la Russie et la Turquie, jusqu'en Palestine – en ces temps d'Alyah où tout paraissait simple. « Au fond, soupira-t-il à part lui, je regrette ces temps du début, où tout était si difficile, mais où tout était si clair. La responsabilité, le combat, c'est aussi la perte de l'innocence. J'ai guidé Myriam et Ben de mon mieux, mais ils sont en train de se choisir d'autres mentors. Les hommes sont ainsi faits : ils n'aiment leurs guides que tant qu'ils sont aussi leurs maîtres. »

Myriam regardait son père. Elle était capable, à présent, de lire sur son front, sans qu'il ait besoin de rien dire, les débats auxquels il s'exténuait.

— As-tu des nouvelles fraîches des armes promises par Ben ? demanda-t-elle tout à coup, incapable qu'elle se sentait de maintenir le débat sur ce cas de conscience insoluble. Elle préférait offrir une échappatoire à son père.

Celui-ci lui en sut gré. Il secoua la tête, à la fois pour répondre et pour chasser ses idées noires.

— Non, nous n'avons aucune nouvelle. Les chrétiens fêtent Noël, ils sont dans l'allégresse, et nous dans l'attente.

Il soupira. Décidément, ça devenait une habitude. Il ne voulait pas que ses enfants pensent un jour à lui comme à « l'homme-qui-soupirait » !

— Mais je sais que les Alliés préparent une contre-attaque massive en Italie, dit-il. Il est fort probable que Ben et Jeremy ont d'autres chats à fouetter que de surveiller notre approvisionnement.

CHAPITRE 15

Méditerranée

Andreï avait tort. Mais peut-être ne médisait-il de son fils que pour conjurer le mauvais sort.

Depuis qu'ils étaient rentrés de leur expédition, et qu'ils avaient rapporté au grand quartier général les observations essentielles faites sur le terrain (qui leur avaient valu les chaudes félicitations du général en chef, des promesses de décorations et de promotions, et, dans l'immédiat, trois semaines de perm'), Ben et Jeremy avaient harcelé Don Vito pour savoir où en étaient les livraisons d'armes.

Le parrain de la Camorra avait éludé – une fois, deux fois, dix fois. Des sourires et des promesses. Don Carlo qui avait du mal à tout faire transiter vers Messine. Les camions mobilisés par l'armée américaine, qui réquisitionnait tous les véhicules pour monter des troupes et du matériel vers le front du Monte Cassino. Alors, que faire ? Attendre, conseillait Don Vito.

Mais, en attendant, il avait encaissé la moitié de la somme promise...

Ben venait de recevoir une lettre de Myriam : trois semaines pour arriver, un record de célérité, par ces temps troublés. La jeune fille y racontait, à mots couverts, l'angoisse de son père que « la livraison de bois n'arrive pas avant le printemps, surtout si le temps se maintenait au froid ».

— Il faut faire pression sur Don Vito, expliqua-t-il à Jeremy.

— Laissons encore un peu de temps au temps, conseilla le jeune New-Yorkais.

— Ce n'est pas le temps qui nous manque... C'est un bateau, des matelots, et la volonté de rassembler les armes.

Don Vito nageait dans l'allégresse.

Le haut commandement américain le tenait en haute estime. Si les Alliés avaient apporté les tonnes de matériel requises par les combats au pied du Monte Cassino, gravir les pentes pour approvisionner les compagnies du front était impossible, dans cette région où les sentiers mêmes étaient presque un luxe.

Et Don Vito, grâce à ses contacts, avait réussi à mobiliser des théories d'ânes et de mulets – tous ceux dont les Italiens affamés n'avaient pas encore fait du saucisson.

Mais, dans un premier temps, il s'était contenté de fournir les bêtes. Les Américains, peu entraînés à ce type de transport, s'étaient énervés sur ces animaux indociles. Les bêtes elles-mêmes, aiguillonnées dans une langue à laquelle elles ne comprenaient rien, s'étaient entêtées – et les ânes et les mulets ont des capacités étonnantes d'entêtement.

Bref, l'état-major déconfit s'était à nouveau tourné vers Don Vito. Et l'homme providentiel avait fourni les muletiers – insistant pour qu'ils ne soient payés qu'en nature : les bêtes montaient chargées de munitions et de vivres, et reprenaient la route du sud avec d'impressionnantes cargaisons de cigarettes, d'uniformes, de toiles de parachute dans lesquelles les petites mains de Naples taillaient des chemises de soie fort seyantes... À l'arrivée, Don Vito faisait de profits espérés des profits... inespérés.

Ce n'est rien de dire que, dans ces circonstances si favorables, les incessants rappels à l'ordre de Ben et de Jeremy constituaient un insupportable poil à gratter.

« Et si je m'en débarrassais ? » se surprenait à penser le Don.

Mais un reste de fidélité à la foi jurée lui faisait surseoir à l'exécution...

Ben et Jeremy décidèrent de forcer les événements. Puisque les armes ne venaient pas à eux, ils iraient à elles.

Ben, dans leur deuxième semaine de permission, partit en Sicile. Il voulait savoir ce qui gênait l'accomplissement des promesses de Don Carlo, et, par ailleurs, n'était pas mécontent d'avoir une occasion – et un prétexte – pour revoir Mina. La fille du mafioso l'horrifiait et l'attirait à la fois. Il ne pouvait tout à fait chasser de sa mémoire les jeux insatisfaisants auxquels elle consentait à jouer dans le labyrinthe de son palais de Caltanissetta. En même temps, la cruauté, le goût du sang de la jeune fille le laissaient pantois, quand il y pensait.

Jeremy, lui, irait à Tarente, s'occuper de trouver un bateau. Il avait arraché à Don Vito un sauf-conduit pour rencontrer le chef local de la Mafia. Il en ferait bon usage.

Avec Don Carlo, les choses allèrent rondement. En fait, le « capo » manquait de camions. Ben, arguant de ses états de service, réquisitionna simplement, au nom de l'armée américaine, une quinzaine de poids lourds, auxquels Don Carlo affecta immédiatement des équipes, un chauffeur et trois hommes, tous serrés à l'avant, dans la cabine, pendant que sur la plate-forme arrière s'entassaient des caisses d'armes et de munitions. Pendant une semaine, une véritable noria de poids lourds achemina toutes les réserves d'armes de l'armée italienne en déroute vers les entrepôts de Messine.

Ben téléphona à Jeremy, à Tarente.

Il n'avait pas revu Mina.

Jeremy n'était pas resté inactif.

« Tant pis pour les sommes déjà versées, s'était-il dit. Versons encore un peu. »

Avec le reliquat de ce qu'il lui restait sur la somme rondelette que leur avait fait parvenir Andreï, il corrompit un capitaine de navire marchand en instance de chargement.

Le capitaine avait l'ordre de se tenir à disposition de la marine des États-Unis, qui voulait utiliser son navire pour transporter des vivres, des médicaments – et des armes – aux combattants de l'E.D.E.S. [1], l'armée républicaine de libération de la Grèce, qui, après avoir victorieusement combattu les nazis, les fascistes et les Bulgares du général Mihov, s'apprêtait à en découdre avec la principale des organisations de résistance,

---

1. Organisation de la résistance grecque d'inspiration royaliste et légitimiste.

l'E.I.A.S.[1], beaucoup trop proche des Soviétiques, au goût des Américains et des Anglais. Un ordre est un ordre, mais une tentation est une tentation. Le capitaine calcula que passer à Messine, embarquer une certaine cargaison, et faire route vers le Moyen-Orient lui prendrait, au plus, une semaine. Il serait probablement de retour avant même que l'armée alliée se soit aperçue qu'il était parti.

— Il me faut juste l'ordre de quitter le port, dit-il à Jeremy.

Ce dernier alla voir le responsable italien du port, parla au responsable américain, graissa quelques pattes, et obtint aisément ce dont il avait besoin.

Il avait appris, avant même de venir en Italie, que l'on va plus vite par la corruption que par l'obstination à se réclamer de son bon droit.

Il embarqua sur l'*Orlando furioso*, cargo battant pavillon italien, le 28 décembre 1943. Le lendemain, ils étaient à Messine.

De la rambarde du navire, il éprouva une immense joie à voir Ben, appuyé à une grue de chargement, qui lui faisait de grands signes. Décidément, il aimait ce garçon au moins autant que leurs pères s'aimaient. Et le sentiment qu'au-delà des océans et des continents, le virus de l'amitié s'était perpétué, lui fit chaud au cœur. Il n'y avait pas tant d'occasions que cela d'apprécier le genre humain, en ces temps de guerre.

Ils mirent une matinée à lester le ventre de l'*Orlando* d'une grande variété de caisses de toutes sortes, caisses

---

1. Organisation de la résistance grecque inféodée au Parti communiste.

d'origine et caisses rapportées, que les grues montaient délicatement dans les grands filets d'embarquement, et déposaient non moins délicatement dans les soutes du navire.

Le 29 au soir, ils versaient à Don Carlo le solde de ce qui lui était dû, lui faisaient leurs adieux et reprenaient la mer. Ben avait eu le temps, avant d'embarquer, d'expédier un télex à sa sœur, aux bons soins du *Jerusalem Post*. « Livraison de bois en cours. Déchargement prévu dans quatre jours. »

Ils avaient convenu du lieu depuis une éternité.

L'*Orlando* était un bon navire, sous sa carapace rouillée qui en avait vu d'autres. Il s'élança, insouciant, sur la mer Ionienne, et traversa droit sur la côte grecque. Dans la matinée du 30, ils longeaient la côte du Péloponnèse.

Le lendemain, alors qu'ils s'apprêtaient à fêter le réveillon du nouvel an à bord, et que les marins s'occupaient à dénicher quelques bouteilles en prévision d'une beuverie qu'ils mijotaient depuis leur départ, une vedette de la marine anglaise les aborda gentiment – mais fermement – au nord de la ville crétoise de Chania.

Le patrouilleur s'amarra à tribord, et un haut-parleur les prévint qu'ils allaient avoir l'honneur d'être inspectés par un officier de Sa Gracieuse Majesté.

Le lieutenant qui monta à bord, avec trois hommes armés, le doigt sur la gâchette, fut agréablement surpris de trouver là, sur ce rafiot quelque peu démantelé, deux jeunes officiers américains en uniforme.

Puis, en y repensant, il trouva éminemment bizarre

que ces deux hommes soient au milieu de la mer de Crète, sur un bateau italien.

— Je vous demande pardon, dit-il, mais que transportez-vous ?

— Des armes, répondit Jeremy avec un accent yankee dont lui-même ne se croyait pas capable.

Ben sursauta imperceptiblement. Quant au capitaine italien qui était à côté d'eux, il n'en menait pas large. Et si son bronzage l'avait permis, on l'aurait vu blêmir. À quoi jouaient ces deux...

— Mission secrète de l'O.S.S., renchérit Ben. Nous allons à Héraklion porter des armes aux combattants anticommunistes grecs. Vous ne voudriez tout de même pas que la Grèce tombe sous la coupe de Staline ?

Il prononça le nom du dictateur soviétique comme s'il avait craché. Le lieutenant de vaisseau de Sa Majesté le roi George VI était impressionné. Pas tout à fait convaincu, mais impressionné tout de même.

— Comment se fait-il que vous ne soyez pas sur un navire de la marine américaine ? s'enquit-il.

Jeremy haussa les épaules.

— Je n'en sais foutre rien, grommela-t-il. Une idée des huiles – vous savez ce que c'est : ne pas avoir l'air, en le faisant quand même.

Non, le lieutenant ne savait rien. Il s'abstint de l'avouer.

— Je peux voir quand même votre cargaison ? insista-t-il.

Ce fut alors que le capitaine de l'*Orlando* comprit tout ce qu'il y avait de profondément machiavélique à dire la vérité. Un mensonge en appelle un autre, et ainsi de suite jusqu'à ce que la vérité montre le bout de l'oreille. Mauvaise affaire pour tout le monde. Mais la vérité vraie – enfin, vraisemblable – avait un caractère particulièrement convaincant.

— Capitaine, ordonna Jeremy, pouvez-vous conduire le lieutenant dans la soute ? Faites sauter les couvercles des caisses qu'il vous désignera, à sa convenance.

Le lieutenant remonta un quart d'heure plus tard. Il était convaincu, mais il fit un dernier effort, pour être tout à fait en accord avec sa conscience.

— Pourquoi des armes italiennes ? demanda-t-il.

— Vous ne voulez pas qu'on les prenne avec des armes américaines ou anglaises à la main ? Les Italiens ont occupé la Grèce, il est naturel que des partisans aient pu s'approprier des stocks abandonnés par les fascistes en déroute. Ce qu'ils en font, officiellement, c'est leur affaire. Si nous les équipons avec nos armes, c'est de l'incitation à la guerre civile. Et ce serait dur à faire avaler au moustachu de Moscou. Là, c'est une affaire de famille.

— Je comprends, murmura le lieutenant, totalement dépassé par ces considérations géopolitiques.

— Ah, une dernière chose, lieutenant, dit Ben comme les Anglais s'apprêtaient à quitter le navire. Pour votre rapport... Il vaut mieux que cela n'apparaisse pas. Vous comprenez... La cinquième colonne...

— Oui, la cinquième colonne, renchérit Jeremy avec un air soucieux.

Ils attendirent que le patrouilleur anglais se soit éloigné. Jeremy allait éclater. « Attends, dit Ben, ils nous surveillent peut-être à la jumelle. » Il entraîna son ami à bâbord, et là, hors de vue de l'univers entier, ils écla-

tèrent d'un long rire inextinguible. Jeremy en pleurait.
Le capitaine italien, quelque peu décontenancé par
l'attitude de ces Américains décidément bien singu-
liers, se fit expliquer l'arnaque – et, beau joueur, se
joignit à l'hilarité des deux jeunes gens. Tout en s'es-
claffant, il parvint à raconter à son second, par bribes
entrecoupées de quintes de rire, le bon tour joué à ces
ballots d'Anglais. Et de proche en proche, tout le
bateau vibra d'un rire énorme. Elle était bien bonne !
On les avait bien eus !

Le 3 au matin, l'*Orlando Furioso* jeta l'ancre dans
le port de Limassol. Officiellement, il venait chercher
une cargaison d'oranges – la cueillette battait son plein
à Chypre.

Officieusement, il fut abordé, dans la soirée, par un
lourd caboteur immatriculé à Haïfa, qui se proposa de
vendre à l'équipage le produit de sa pêche.

— Ohé ! du bateau ! cria une voix.

Ben jeta un coup d'œil, et crut en tomber à la ren-
verse. Le patron pêcheur qui les hélait ainsi n'était
autre que son père – pas rasé de quatre jours, la casquette posée sur son front soucieux, le cheveu douteux,
les mains calleuses, le pull marin déchiré aux manches – le loup de mer dans toute sa splendeur.

Andreï monta à bord. Quelle que fût sa volonté de
dominer ses émotions, il serra brièvement – mais inten-
sément – son fils dans ses bras.

— Il faut faire vite, dit Jeremy, qui avait eu droit lui
aussi à sa part d'embrassades. Notre permission expire
à la fin de la semaine.

Le flanc gauche du navire italien était appuyé au quai. Sur son flanc droit, le petit bateau de pêche avait l'air d'un rémora collé à un gros requin paresseux.

Du poisson frais monta bien à bord de l'*Orlando* – de l'espadon, dont les Italiens étaient particulièrement friands. Et de la sardine.

Ce qui descendit, en revanche, du cargo vers le caboteur était plus confidentiel.

Plus lourd, aussi.

Les Anglais en charge du contrôle de l'île n'y virent que du feu. Des oranges montaient d'un côté, des sardines passaient de l'autre. Des odeurs puissantes flottaient sur le port de Limassol.

« Pays barbares ! » pensa le commandant militaire du port en rallumant sa pipe.

L'odeur du tabac se mêla aux effluves sauvages qui offusquaient ses narines depuis qu'il était en poste ici – oublié de tous et de son commandement, pour sûr !

« Bon sang ! grommela-t-il pour la centième fois, pas moyen de trouver un tabac convenable dans ce pays de sauvages ! »

CHAPITRE 16

Rome

Monte Cassino avait fini par tomber. Le verrou avait cédé au mois de mai 1944, et l'armée alliée, à la fin de la première semaine de juin, deux jours après avoir débarqué en Normandie, entrait dans Rome.

Le prix payé avait été considérable. Cassino fut le Verdun de la Seconde Guerre mondiale. Sur quatre-vingt-dix mille hommes engagés, les Alliés en avaient perdu trente-cinq mille – surtout des Français. Quant aux Allemands... Les pertes ne pouvaient même plus se chiffrer. Il avait fallu déloger, l'un après l'autre, chaque soldat de la Wehrmacht du trou où il résistait. Bien peu s'étaient rendus.

— Formidables soldats d'une mauvaise cause, avait remarqué Ben.

— Tout ça est dégueulasse, avait surenchéri Jeremy.

Les deux amis avaient eu plus que leur part de boue et de sang. La promotion promise tardait, les décorations pleuvaient alentour en les épargnant soigneusement. Les militaires se méfiaient, apparemment, de ces jeunes gens qui passaient si facilement de l'action d'éclat à la guerre souterraine, et semblaient mener leur guerre personnelle – non seulement une sorte de vendetta contre les troupes du Reich, mais, plus souterrainement encore, une lutte pour la reconnaissance d'un État qui n'existait sur aucune carte.

En fait, le haut commandement avait eu vent de l'équipée maritime de ses deux agents. Et si les Américains n'étaient, au fond, pas mécontents que leurs alliés anglais aient, à court terme, des ennuis dans une région du monde où ils espéraient bien les remplacer, à terme, les Anglais avaient sans doute vociféré en haut lieu.

Et les promotions ne venaient pas. Les deux lieutenants restaient lieutenants.

Le maréchal Badoglio avait déclaré la guerre à l'Allemagne, et enrôlé des milliers d'Italiens dans le combat final. Là encore, les Britanniques renâclèrent. Les Italiens allaient s'imposer, au finish, et réclamer leur part de la victoire ? C'était bien italien, cela ! Investissement minimum, mais dividendes royaux...

Mais comment refuser l'offre désintéressée du prince du Piémont, mettant ses *bersaglieri* au service des Alliés ? D'ailleurs, leur renfort n'avait pas compté pour rien dans la victoire finale du général Juin à Cassino et au Garigliano.

Et les Italiens pouvaient, le 5 juin, parader fièrement à travers Rome, leur capitale éternelle, sans avoir l'air d'y entrer dans les fourgons d'une armée étrangère.

— Jeremy ! Ben ! cria une voix dans la foule.

Ils n'en crurent pas leurs yeux. Dans un costume rutilant de *bersagliere*, leur ami Fabrizio, qui s'était montré si coopératif !

— Je suis ravi de vous voir à Rome – et en vie !

leur dit le jeune homme, après des embrassades dont la chaleur témoignait de leur joie de se revoir vivants après des combats si acharnés.

— Et comment va Claretta ? demanda prudemment Ben.

— Mais... aussi bien que possible, raconta le jeune Italien. Quand je me suis engagé dans les troupes régulières, elle a ouvert une sorte d'hôtel pour les officiers américains stationnés à Anzio. De sorte que si je me suis couvert de gloire, elle, elle doit être couverte d'or, à l'heure qu'il est. J'ai une permission pour quarante-huit heures, et je comptais justement retourner la voir. Mais vous êtes là, je ne vous lâche plus.

Fabrizio leur fit les honneurs de la ville, mélangeant prudemment la découverte des coins qu'il aimait et où il avait ses habitudes – une petite trattoria où l'on mangeait, au marché noir, des choses succulentes et inattendues, les cafés de la piazza Navone ou les petites rues où se respirait vraiment l'âme romaine – et ce que des touristes normaux voulaient voir de toute façon : le Forum, avec ses empilements de monuments romains de toutes époques, le Capitole et le Palatin, la piazza Venezia, la piazza di Spagna et la Villa Borghese (Ben rêva devant le nu académique de Pauline sculptée par Canova, allongée sur son lit, dont la chair de marbre de Carrare lui évoquait invinciblement Mina, Claretta, et quelques autres Italiennes de moindre renommée, rencontrées depuis un an et demi qu'ils traînaient leurs guêtres sur les chemins de la Péninsule), la fontaine de Trevi, les rosaces macabres du cimetière des Capucins (« Ces moines, décidément ! jugea Jeremy en réprimant un frisson ; tu te souviens des capucins de

Palerme, et de leurs momies ? »), et, bien sûr, le Vatican.

Partout se lisaient les stigmates de la guerre. Surtout dans les quartiers Ies plus populaires, comme si les bombes avaient eu à cœur d'anéantir les plus pauvres d'entre les pauvres, et d'épargner les riches. Le Vatican était impeccable, peuplé de soldats de tous uniformes, qui, le nez en l'air, s'extasiaient devant les fresques de Michel-Ange et les avalanches de stucs et de marbres.

— Il faut que je vous présente à quelqu'un, annonça Fabrizio, dont les yeux luisaient étrangement, comme s'il avait dans son sac un bon tour à jouer à ses deux nouveaux amis.

Ils traversèrent les jardins du Vatican, passèrent par l'église Saint-Étienne-des-Abyssins, et, de là, entrèrent dans les bâtiments de l'académie pontificale, où siè-gent les administrateurs du Saint-Siège. Un garde suisse, chamarré d'or, leur barra le passage, mais Fabrizio prononça un nom, celui d'un cardinal plus puissant peut-être que le pape lui-même.

Deux minutes plus tard, ils étaient en présence de Son Éminence elle-même, un homme d'une cinquan-taine d'années, aux tempes grises et aux yeux d'un bleu plus profond encore que le regard de Ben. Il jeta un coup d'œil sur Ben et Jeremy, et ils eurent, l'un et l'autre, l'impression d'être radiographiés par une grande intelligence, et une grande bonté.

— Ah ! Fabrizio, Fabrizio ! s'exclama Son Émi-nence. Je suis bien aise de te revoir ! Je sais bien que les desseins de Dieu sont impénétrables, et que les plus à plaindre sont toujours ceux qui restent, mais cela fait plaisir, par les temps qui courent, de voir que de braves jeunes gens sont passés à travers les balles !

Ben et Jeremy ne savaient pas exactement pour quelle raison ils étaient présentés à ce haut dignitaire. Qu'est-ce que la hiérarchie catholique avait à faire avec deux soldats des armées alliées...

— Je vois que vous vous demandez ce que vous faites ici, les rassura Fabrizio. Mais vous pourriez aussi bien vous demander ce que j'y fais moi-même...

— Fabrizio nous a beaucoup aidés, pendant toute la guerre, et même avant, le coupa le cardinal. Mussolini n'était pas fondamentalement antisémite, mais par admiration pour Hitler, il a voulu lui donner des gages... Il a commencé à faire déporter des Juifs sur les îles Lipari... Et Fabrizio a été l'un de nos plus zélés agents pour mettre les persécutés à l'abri, ici même, au Vatican, en attendant que nous leur trouvions des points de chute sûrs, en province.

— Mais je ne savais pas que tu étais à ce point impliqué dans la lutte anti-nazie ! s'exclama Ben. Nous-mêmes, Jeremy et moi...

— Tu crois que je ne sais pas que vous êtes juifs ? l'interrompit Fabrizio. Je l'ai compris à quelques réflexions qui vous ont échappé, en anglais.

— Et... tu parles anglais ? s'enquit Jeremy.

— Suffisamment pour suivre en gros une conversation, avoua le jeune homme. J'ai bien ri quand Claretta vous a servi cette avalanche de charcuterie pur porc !

— Oh ! Nécessité fait loi, riposta Ben. Il n'y a pas de préjugé qui tienne face à une situation d'urgence. Et je n'ai jamais aussi bien mangé de ma vie !

— Et puis, soupira Fabrizio d'un air ambigu, le fait que Claretta serve rendrait comestible la chair humaine, n'est-ce pas ?

— Mais alors, dit Jeremy qui tenait à en avoir le

cœur net, ce que l'on raconte sur la manière dont le Vatican a collaboré avec les fascistes, et même avec les nazis...

— L'Église est une très vieille, très puissante et très prudente institution, dit le cardinal. Pie XI pouvait bien discuter avec le Duce, n'empêche qu'il a multiplié les actions humanitaires. S'il a plaidé d'abord la cause des catholiques, il a, en sous-main, organisé le sauvetage des Juifs, partout où c'était possible. Rien qu'ici, au Vatican même, nous en avons caché près de quatre mille.

— Mais alors..., balbutia Ben. La tradition du Juif perfide, héritier de Judas... Je croyais l'Église volontiers antisémite ?

— Jésus n'était-il pas juif ? lui fit remarquer le cardinal. Et n'a-t-il pas lui-même demandé de nous aimer les uns les autres ?

— Mais l'Inquisition... les persécutions... les bûchers...

Ben, à qui l'on avait expliqué en détail les exactions commises au nom de l'Église au cours des siècles, qui savait, par tradition familiale, que les pogroms étaient le plus souvent justifiés par les prêtres, n'en revenait pas.

— Oh, l'Église a pu commettre bien des erreurs... Qui n'en commet pas ? Elle les reconnaîtra un jour, quand les passions seront apaisées. Nous avons l'éternité pour nous, n'est-ce pas...

— Mais est-ce que les horreurs de ces dernières années n'ont pas ébranlé votre foi... Monseigneur ?

On aurait dit que donner au cardinal son titre lui écorchait les lèvres. Les Américains, de toutes origines, ont du mal à se confronter à l'étiquette aristocratique de l'Ancien Monde.

— Oui, je comprends ce que vous voulez dire. Mais vous-même, croyez-vous encore, après toutes ces horreurs – et croyez-moi, il y a des choses que vous allez découvrir, qui sont bien plus abominables que tout ce que vous avez vu jusqu'ici...

— Je crois en Dieu, attesta Jeremy. Parce qu'il faut bien qu'il y ait une raison, et qu'il y ait un recours.

— C'est exactement cela, la foi, dit le cardinal. D'ailleurs, Dieu existe : vous triomphez.

En même temps, il sourit. Les deux amis sentirent bien que c'était une manière de refuser le débat, peut-être parce qu'il n'avait pas envie, en ces jours de liesse romaine, d'argumenter sur des questions de théologie.

Les deux amis en tout cas étaient ravis d'apprendre de sa bouche que Fabrizio avait toujours été engagé dans un combat de fond, ce type de lutte sourde qui n'est pas spectaculaire, mais qui sauve des vies, au lieu d'en prendre.

Début juillet, les Alliés débarquaient en Provence. La serre formidable de la formidable machine de guerre se refermait de tous côtés sur une Allemagne aux abois, envahie à l'est par des Russes revanchards, bousculée à l'ouest par la machine américaine, et titillée au sud par une armée composite qui remontait inexorablement pour opérer sa jonction avec les autres forces ennemies de l'Axe.

Quand on sent l'écurie proche, on s'impatiente devant tout ce qui freine la course. Les soubresauts de la machine allemande pouvaient encore faire des ravages. Et tous les soldats engagés depuis si longtemps dans l'affrontement aspiraient à la paix – alors même que les combats s'éternisaient. Le Duce, arrêté en juillet 1943, interné dans un nid d'aigle des Abruzzes, avait été délivré par un commando allemand emmené par le fameux colonel S.S. Skorzeny. Transféré au nord de l'Italie, dans la région des lacs, il avait monté, à Salò, une république fantoche, qui menait un combat d'arrière... Garde.

Ben et Jeremy avaient été réaffectés dans leurs corps d'origine respectifs, et ne se croisaient plus qu'au hasard des champs de bataille. Fabrizio avait disparu – happé à nouveau par Claretta, ou chargé d'une mission secrète par le Saint-Siège – qui pouvait savoir ?

Au mois d'avril 1945, Ben fut convoqué par le major qui commandait à présent le Renseignement militaire. Il s'y rendit comme il s'était rendu à bien des convocations semblables, sans imaginer un seul instant qu'il allait être chargé de l'une des missions les plus confidentielles de la Deuxième Guerre mondiale.

CHAPITRE 17

Lac de Côme

— Asseyez-vous, lieutenant, dit le major, tout sourire.

« Ça sent mauvais, raisonna intérieurement Ben. Il est bien trop aimable. »

— L'Angleterre a besoin de vous, reprit le chef des services secrets. Enfin... de certaines de vos compétences particulières...

« L'Angleterre... se disait Ben. C'est vrai qu'officiellement, je suis un soldat anglais. Si seulement ils savaient... »

— À vos ordres, major, dit-il simplement.

— Je dois dire, précisa le major, que lorsque j'ai proposé votre nom, en haut lieu, pour régler ce problème, certains sourcils se sont levés... Vous n'êtes pas populaire partout, lieutenant.

— Puis-je savoir pourquoi, major ?

— Bah... Mauvaises fréquentations... On vous a beaucoup vu avec des mafieux de haut vol... Ce Vito Genovese... Est-ce une relation bien reluisante ?

Ben ouvrait la bouche pour répondre. Le major leva la main.

— Je sais ce que vous allez me dire, Ben – vous

permettez que je vous appelle Ben, depuis tout ce temps que nous nous connaissons ? Après tout, ce ne furent pas des relations choisies, mais que nous vous avons imposées. Et dont vous vous êtes tiré haut la main. Mais enfin, insinuent certains, vous avez continué à le voir en dehors même des missions qui vous avaient été confiées. Une raison particulière pour entretenir l'amitié de ce tueur ?

Ben frissonna. Est-ce que l'affaire des livraisons d'armes était arrivée aux oreilles de l'armée britannique ? Vito Genovese – ou Don Carlo aussi bien – avaient-ils parlé ? Ils en étaient bien capables, en échange d'un avantage quelconque.

— Vous connaissez l'adage, continuait le major. Quand on mange avec le diable... Et je crois que vous ne vous êtes pas muni d'une cuillère assez longue, lieutenant.

Le major eut un geste ample de la main, comme s'il balayait les objections passées, présentes et à venir.

— Quant aux rumeurs qui font état d'un voyage d'agrément que vous auriez fait, avec votre ami américain quelque part du côté de Chypre...

Ben se tortilla sur sa chaise. L'avait-on convoqué pour l'exécuter ?

— ... On ne m'a pas demandé d'enquêter dans cette direction, lieutenant, et je ne le ferai pas. Peut-être ne le ferai-je jamais. Tout va dépendre de la façon dont vous réglerez certain petit problème...

Ben respira. C'était un chantage. Un chantage élégant, mais un chantage quand même. Le major lui disait, en substance : « Voyez-vous, nous savons, et maintenant, vous savez que nous savons. Nous pouvons, à notre gré, refermer la main sur vous, ou vous laisser repartir, avec, à la patte, un fil invisible qui la rattacherait à jamais à ces supérieurs tyranniques et compréhensifs à la fois. » Jeremy a bien raison de dire que la guerre suspend la moralité, pensa-t-il.

— Je suis à vos ordres, major.

Le problème était simple.

Mussolini était acculé chaque jour davantage. Les partisans italiens – des communistes pour la plupart, dans la région du Pô – le tenaient presque. Et ils avaient bien envie de le ramener et de le traîner, en triomphe, comme autrefois les généraux romains, avant de l'achever dans une geôle discrète. Des unités de l'armée américaine poussaient des reconnaissances autour de Milan. Et des fascistes sur la voie savonneuse du repentir pouvaient, d'un moment à l'autre, livrer leur chef à qui leur promettrait l'impunité.

— Et il ne faut pas qu'il soit arrêté, articula très simplement le major. Pas vivant, en tout cas.

Ben le regarda. Il n'avait jamais été très à l'aise dans les missions qui supposaient des règlements brutaux. Ce n'était pas un homme de sang, mais un homme de dialogue – à ceci près que, pour lui, le dialogue consistait à embobiner l'autre jusqu'à le mettre dans sa poche, le mouchoir par-dessus.

— Non, ne croyez pas ce que vous êtes en train de croire, sourit le major. Pour ça, nous avons des hommes entraînés, qui ont des aptitudes particulières. Et nous savons que ce ne sont pas là vos points forts. Il peut sembler paradoxal, en temps de guerre, de féliciter un homme de ne pas tirer à tout va. Mais c'est justement pour ça que j'ai poussé les feux afin que vous soyez chargé de cette mission.

« Non, il ne suffit pas d'éliminer le Duce. D'ailleurs, il ne représente plus grand-chose, pour nous. C'est un symbole pour les Italiens, mais pour nous, c'est déjà de l'histoire ancienne. En revanche, ce qui est toujours d'actualité, ce sont certains documents qui sont toujours en sa possession. Et qu'il faut – vous m'entendez bien, lieutenant ? – qu'il faut absolument récupérer. Avant que quiconque y ait mis le nez.

— En quoi sont-ils compromettants ? hasarda Ben. Et de quoi s'agit-il, exactement ?

— Quelques lettres... Oh, ce n'est pas le bout du monde... Mais des lettres gênantes, écrites par le Premier ministre...

— Churchill ? Il a écrit à Mussolini ?

— Au déclenchement des hostilités. C'est Churchill qui lui a conseillé de se rapprocher d'Hitler, quitte à lui donner des gages... L'idée générale, c'était de l'inciter à jouer un double jeu...

— Et les gages, c'était d'envoyer les Juifs italiens en camps d'extermination ?

— Il y a de ça. Et dans une seconde lettre, il expliquait à Mussolini qu'après l'élimination d'Hitler, le vrai danger, ce serait Staline, et que l'Angleterre rechercherait alors l'alliance de toutes les forces démocratiques, le fascisme compris, pour lutter contre le communisme. Ce qu'il lui offrait, c'était une sorte de blanc-seing qui lui permettrait de faire ce qu'il voudrait, avec une promesse de pardon. Et l'appui ultérieur de l'Angleterre pour rester au pouvoir.

— Ce n'est pas bien joli, tout ça, murmura Ben.

— Qui nous permet de juger ? C'est la guerre, lieutenant. Savez-vous seulement le quart de ce que les pays libres ont promis à Franco en échange de sa neutralité bienveillante pendant le conflit ? Les Espagnols n'ont pas fini de payer la République, croyez-moi.

« Bref, voilà ce que Mussolini a en main. Oh, et puis quelques broutilles, pour faire bon poids. Une correspondance amoureuse paraît-il croustillante qui prouverait que le prince Umberto est plus porté sur les petits garçons que... Enfin, de quoi faire chanter les vainqueurs de toutes nations.

« Inutile de vous expliquer que si ces documents tombent entre les mains des communistes, le raffut sera presque pire. Il nous faut ces documents, lieutenant. Et il nous les faut vite. Nous savons de source sûre que le Duce est coincé. Au mieux, il ne passera pas la semaine.

Ben réfléchissait à toute allure.

— Puis-je faire une suggestion, major ?

— Bon sang, vous croyez que vous êtes ici pour quoi ?

— Il me faudrait l'aide d'Italiens de souche qui ne soient pas contaminés par l'idéologie communiste. J'ai un ami qui a l'oreille du Vatican...

— Décidément, ricana le major ! Le Vatican ! Je vous demande un peu !

Il réfléchit rapidement.

— Et votre ami peut être l'homme de la situation ?

— Il est en tout cas le mieux à même de comprendre que certains secrets ne doivent pas être étalés au grand jour. Il a travaillé, dès avant la guerre, en sous-marin de la curie romaine. Il leur a rendu des services inestimables, et si une tierce personne n'avait pas, en ma présence, levé le secret, jamais je ne m'en serais douté, tant il paraissait effacé.

— Eh bien, contactez-le, mais très rapidement.

Le major soupira.

— C'est une affaire énorme, qui nous tombe sur les bras au dernier moment. Je compte sur vous, lieutenant.

— Appelez-moi Ben, major. C'est l'abréviation de Benjamin. Comme Disraeli, qui fut locataire du 10 Downing Street, il y a longtemps.

Le major se remit à rire.

En sortant du bureau des Forces spéciales, Ben fit deux choses immédiatement :

1. Il contacta Jeremy, qui était encore à Rome.

2. Il passa un coup de fil aux Affaires ecclésiastiques, et s'enquit de Fabrizio.

Assez curieusement (mais cela témoignait de l'efficacité italienne), ce fut Fabrizio qui répondit le premier à son appel. À mots couverts, Ben expliqua qu'il fallait sauver l'Italie et l'Angleterre, et qu'il aimerait pouvoir compter sur Fabrizio, et ses réseaux d'informateurs – curés, nonnes, moines, vicaires, et autres confesseurs de tous poils et de toutes chaires.

« Bien sûr », répondit Fabrizio.

Ils se donnèrent un rendez-vous le lendemain, dans le village d'Orvieto, en Toscane.

Jeremy fut plus long à répondre. Il téléphona finalement à Ben, au quartier général, dans la soirée.

— Je suis un peu embêté, avoua Ben. J'ai besoin d'une main-d'œuvre sûre et efficace, et je ne connais personne de plus sûr et de plus efficace que toi...

— Arrête de me dorer la pilule, l'interrompit Jeremy. Qu'est-ce que tu veux ?

— Et en même temps, continua Ben, sans tenir compte de l'interruption de son ami, c'est pour une affaire qui ne devrait pas arriver aux oreilles du haut commandement américain.

— Bref, conclut Jeremy, nous faisons encore la guerre pour notre propre compte ?

— C'est un peu ça, acquiesça Ben sans se compromettre. Ah... Fabrizio joue ce coup avec nous.

— J'arrive, dit Jeremy. Ils me chercheront s'ils veulent. Mais c'est un tel chambard, ici, qu'un capitaine de plus ou de moins...

— Capitaine ? Mes félicitations.

— Qu'est-ce que tu veux ! C'est le pays de la libre entreprise ! C'est pas comme avec tes gentlemen de la City !

— J'ai assisté à une réunion, il y a moins d'un mois, avec le Duce, leur raconta Fabrizio dans une trattoria d'Orvieto où ils dégustaient un rôti de veau aux truffes blanches. Oui, le cardinal Schuster l'a contacté. Il espérait que Mussolini se rendrait pacifiquement.

« Je peux vous dire, ajouta-t-il en baissant la voix, qu'il a plutôt mauvaise mine, le Duce. La Petacci ne lui réussit pas.

— Qui c'est, celle-là ? s'enquit Jeremy.

— Sa dernière maîtresse, répondit Ben. Clara Petacci.

— Bref, reprit Fabrizio, tout épuisé qu'il soit, il ne manque pas de panache. Et de prétentions. Il veut des garanties pour lui et les siens – y compris les ultimes dignitaires du parti fasciste.

« Le cardinal, pour chrétien qu'il soit, a tenté de lui faire comprendre combien il était périlleux de lier son sort à celui d'une bande de nervis qui méritent à peine un jugement sommaire. Mais il est resté inflexible.

« Nous nous sommes tous regardés. Il y avait le cardinal, et puis Marazza, un grand avocat démocrate-chrétien. Et Carlo Silvestri, le journaliste. Et sans le dire, nous en avons conclu que nous avions assisté aux ultimes gesticulations d'une bête aux abois. Je ne miserai pas dix lires sur sa tête.

Le lendemain, les services de renseignements apportèrent une nouvelle fraîche : Mussolini était remonté sur le lac de Côme, et avait fait venir là femme et enfants – une tribu hétéroclite qui ne faciliterait guère ses déplacements. En sus de la Petacci. « Il va tenter de passer en Suisse, certainement », dit Fabrizio.

Le surlendemain – ils étaient entre-temps montés au contact, dans la sublime région des lacs –, ils apprirent que Pavolini, le secrétaire du parti fasciste, avait à son tour rejoint le chef suprême d'un régime en déroute. Toutes les grandes villes d'Italie étaient tombées entre les mains des partisans ou des Alliés – sans combattre.

— Ils ont deux cents S.S. pour les couvrir, révéla Ben. Ou le contraire : peut-être les derniers Allemands de la garde prétorienne du Duce comptent-ils s'en servir comme monnaie d'échange, pour monnayer leur propre survie.

Fabrizio avait contacté le comte florentin Pier Bellini de Stelle, qui faisait la guerre sous le pseudonyme infiniment plus démocratique de « Pedro » – un patron de la Résistance qui n'avait pas de comptes à rendre à Moscou. Sans rien lui demander, juste au nom de cette solidarité tacite née dans les couloirs du Saint-Siège, le comte lui confia la direction de trois cents hommes.

À l'aube, les guetteurs envoyés en avant-garde virent sortir de l'enceinte fortifiée qui abritait le Duce et sa cour une longue colonne de véhicules, encadrés d'engins blindés. La radio envoya immédiatement le message : les oiseaux quittaient le nid.

— Barrez la route, ordonna Fabrizio. Sans violence. Négociez lentement. Nous arrivons.

Les Allemands avaient bien envie d'en découdre. Ils se sentaient mieux armés, mieux entraînés que les partisans. Mais par ailleurs, la situation de la route, encadrée de montagnes, laissait supposer qu'un combat ici serait terriblement meurtrier. Mussolini en personne sortit négocier. Il n'avait pour seul souci, prétendait-il, que de sauver des vies humaines. À l'en croire, le laisser passer serait un acte d'humanité...

— Qu'est-ce qu'on fait ? s'inquiéta Fabrizio.

Ben se débattait dans un problème plus politique que moral. Il fallait absolument que la fin du Duce passât pour une affaire italo-italienne. L'orgueil national et la diplomatie bien comprise impliquaient que les nouveaux alliés devaient avoir l'air d'avoir pris leur destin en main.

Là-bas, la situation se dégradait. Le lieutenant Fallmeyer, qui commandait le détachement allemand, n'avait guère envie de mourir pour le Duce. Mais il n'avait pas non plus envie de mourir du tout. Dans cette foule étrange de résistants et de fascistes, tous entremêlés, qui ne se distinguaient guère que par la couleur de leurs brassards, il y eut quelques échauffourées, quelques coups de feu. Tirés en l'air, mais l'envie de tuer était là.

— Lieutenant, proposa Fabrizio à l'officier allemand, nous vous offrons une retraite honorable. Vous pourrez passer, à condition de nous laisser inspecter toutes les voitures. Vous comprenez bien que vous êtes engagé dans un combat d'arrière-garde. Que vous importe à présent ? L'honneur militaire ne sera-t-il pas satisfait, si vous parvenez à vous retirer, vous et vos hommes, sans même avoir à déposer les armes ? Mourir pour Mussolini ! Croyez-vous qu'il vous en saura gré ?

Ce qui décida l'officier prussien, ce fut, paradoxalement, d'entendre, par hasard, Ben et Jeremy discuter en anglais. Les Alliés étaient donc là ? Quels pièges de gros calibre cachaient ces collines ?

— Dans une heure, insistait Fabrizio, les Américains et les tabors marocains du général Monsabert seront là. Les partisans que vous voyez sont à la fois des démocrates, comme moi, et des communistes, qui vous haïssent. Croyez-moi : traitez pendant qu'il est encore temps.

— Est-ce que vous imaginez que je suis un lâche ? murmura Fallmeyer en allemand.

Ben, qui seul avait compris ce que disait l'officier, s'adressa directement à lui.

— Nous vous proposons une retraite, lieutenant, articula-t-il lentement. Dans une heure, nous vous proposerons une déroute.

— Je vois, dit Fallmeyer. Attendez un instant. Je reviens.

— Ne le perds pas de vue, lança Ben.

Fallmeyer alla jusqu'à une limousine noire, aux vitres teintées, et frappa d'une certaine manière à la portière avant d'ouvrir.

— Je suis sûr qu'« il » est là, opina Ben.

Fallmeyer pressait effectivement le Duce, réfugié dans cette puissante berline avec Clara Petacci, de se

déguiser, à l'instant, en soldat allemand, et de monter
en douce dans l'un des camions qui transportaient les
troupes. Mais Mussolini ne voulut rien savoir. Il ne
céda même pas aux instances de Clara Petacci, qui ne
l'avait suivi que par amour, et qui comprenait, à en
devenir folle, que tout était perdu. Fallmeyer tenta une
dernière fois de plaider son idée. « Après tout, disait-
il, des précédents illustres vous absolvent. Napoléon
s'est déguisé en général autrichien au moment
d'embarquer pour l'île d'Elbe. Plus le roseau est grand,
plus il s'abaisse... » Clara Petacci avait pris ses mains
glacées dans les siennes. « Mon Dieu, pensait-elle, il
est déjà froid comme... » Et elle se mit à pleurer.

Mussolini pouvait résister aux hommes, il ne pouvait
résister aux larmes d'une jolie femme. Il accepta enfin
d'enfiler la capote et le casque que lui tendait Fallmeyer. Il n'oublia pas pourtant, pièce anachronique, de
se saisir d'une sacoche noire posée devant lui, et, en
descendant, la glissa subrepticement à Pietro Carradori, le factotum, l'homme de confiance. « Non,
ordonna Fallmeyer, non, madame, vous ne pouvez pas
monter avec des soldats. »

Clara Petacci rejoignit la voiture de son frère, plus
loin dans la file des véhicules. Ben et Jeremy, qui
s'étaient insidieusement rapprochés, virent distincte-
ment cette jolie jeune femme, en pleurs, qui hoquetait
en marchant comme une somnambule. Ben saisit le
bras de Jeremy. « Là, le gros type en uniforme ! » Ils
virent la sacoche changer de main. Le sort du Duce
était scellé.

Alors commença la comédie cruelle de la vérifica-
tion des véhicules. Les dignitaires fascistes, l'un après

l'autre, s'affalaient en pleurs, quêtant la pitié de leurs adversaires – des hommes qu'ils auraient exécutés, la veille, sans même sourciller. Fabrizio, Ben et Jeremy se portèrent, l'air de rien, au niveau de la voiture de Carradori, et ouvrirent violemment la portière, le pistolet braqué.

L'homme hoqueta de peur, serrant la sacoche contre son cœur. Et c'était bien son ultime rempart. « Je ne suis rien, pleurnichait-il, pas même un sous-secrétaire... Tenez, si vous me laissez la vie sauve, je vous donne ces documents... Ils sont importants, je crois, je vous jure...

— Mais les documents sont déjà à nous, dit plaisamment Ben en saisissant la mallette. »

Il l'ouvrit fébrilement. Si c'était bien là ce qu'il espérait, sa mission s'arrêtait ici. Ce qui pouvait se passer maintenant, il s'en lavait les mains.

Il y eut au même moment un concert d'avertisseurs. Une bande de maquisards communistes venait grossir les rangs des partisans. « Ils sont plus nombreux que nous, à présent », remarqua Fabrizio.

Des cris éclatèrent. Jeremy, le plus grand des trois, monta sur le marchepied de la voiture. « Ça y est, ils l'ont trouvé ! » cria-t-il.

En effet, un certain Giuseppe Negri ne s'était pas laissé abuser par les lunettes noires et la tenue d'aviateur du Duce. Cet homme recroquevillé sur la banquette du camion, cet homme qui faisait semblant de dormir au beau milieu du charivari ambiant, c'était Benito Mussolini !

Ben, pendant ce temps, fouillait la sacoche. Son visage s'éclaira. On lui avait montré des spécimens de l'écriture du Premier ministre. Et les lettres de Churchill étaient là. Là aussi un dossier crapuleux, augmenté de photos obscènes, qui ne laissaient aucun doute sur les goûts immondes du prince Umberto.

— Ça, c'est pour toi, dit-il en tendant les photos révélatrices à Fabrizio. Et ça, ajouta-t-il en brandissant trois minces feuillets, ça, c'est pour moi.

Fabrizio jeta un bref coup d'œil dans l'épais dossier, et rougit jusqu'à la racine des cheveux.

— Fichu métier ! lança-t-il.

— Occupons-nous du Duce, proposa Jeremy. Je pense que les Alliés seraient fort aises de lui tricoter un bon petit procès à grand spectacle.

— Pas tous les Alliés, oh non ! grinça Ben. J'en connais que sa mort rapide arrangerait drôlement.

Il y eut des coups de feu, en rafale.

— Je pense que Dieu et le Parti communiste italien viennent de vous exaucer, dit froidement Fabrizio.

— Et ce... Pietro Carradori ? demanda Ben.

Le petit homme tremblait comme une feuille.

— Je le préférerais définitivement muet, dit Ben.

— Ça peut s'arranger, insinua Fabrizio. Demandez aux communistes. Ils ont l'obsession de faire place nette.

Il se mit à rire.

— Les malheureux s'imaginent qu'ils vont prendre le pouvoir, conclut-il. Mais c'est toujours la même histoire : les extrémistes se chargent de la sale besogne, puis les sociaux-démocrates, ou les démocrates-chrétiens, arrivent et raflent la mise.

Il haussa les épaules.

— Jeu de dupes, murmura-t-il.

Ni Ben ni Jeremy n'arrivèrent à savoir s'il parlait de

la situation présente, ou de la guerre en général. Mais ils opinèrent tous les deux.

En fait, les coups de feu visaient un dignitaire fasciste qui avait cru digne de lui de faire de la résistance. Un certain Pavolini. Il avait sauté dans le lac tout proche, espérant s'en sortir, entre deux eaux. La rafale l'avait coupé en deux.

Mussolini fut emmené par les communistes, et, sur ordre exprès de Togliatti, chef du Parti communiste, fusillé contre le mur d'enceinte d'une villa proche du petit village de Giulino di Mezzegra, dans la nuit du 27 au 28 avril. « Au nom du peuple italien », Clara Petacci, éperdue d'amour, fut abattue également. Les règlements de comptes politiques font parfois la part large aux innocents.

CHAPITRE 18

Milan

— *È finita la commedia*, dit sentencieusement Jeremy.

Ils étaient tous deux installés à la terrasse d'un café, sur la grand-place de Milan. Devant eux, la cathédrale barrait leur horizon de toute sa pyramide tourmentée. À gauche, la Scala, muette, où traînaient encore, comme s'ils espéraient entendre l'écho des voix passées, les mélomanes de la ville.

Les Services de renseignements avaient suivi la progression fulgurante des armées alliées, et s'étaient installés à Milan. C'était là que Ben était venu, la veille, rendre compte de sa mission.

— Capitaine, avait annoncé le major en insistant lourdement sur le nouveau grade de Benjamin Parocki, je suis éminemment content de vous.

Il avait regardé Ben avec un sourire inimitable.

— J'imagine que vous avez eu la curiosité de prendre connaissance de ces lettres, n'est-ce pas, « capitaine » ?

— Il fallait bien que je vérifie si c'était ce que nous cherchions, répliqua placidement le nouveau promu.

— Eh bien... si je peux vous donner un conseil...

oubliez jusqu'à leur existence. Effacez de votre mémoire le moindre mot de ce qui a échappé au Premier ministre. Vous me comprenez, n'est-ce pas, « capitaine » ? Nous sommes entre nous, ici, mais s'il venait à se savoir que quelqu'un vit encore, qui connaît ces lettres...

— Je vous comprends très bien, major. D'ailleurs, je ne sais pas lire.

— Tu sais, reprit Jeremy en sirotant lentement le café minuscule qu'on lui avait servi – mais qui lui rappelait, dans l'intensité de son arôme, les meilleurs restaurants de la Little Italy new-yorkaise, tu sais, ce Mussolini, je crois qu'il s'était trompé de combat. Un homme qui aime à ce point les femmes ne saurait être tout à fait mauvais. Et s'il ne s'était pas allié à Hitler...

— Un capitaine français, sur le front du Monte Cassino, m'a appris ce proverbe : "Avec des si et des mais, on mettrait Paris en bouteille." Mussolini était un salaud. Point final. Combien d'hommes sont morts à cause de lui ? Combien de nos copains ? Si nous étions tombés entre ses mains, à Palerme, à Anzio ou ailleurs, crois-tu qu'il nous aurait fait grâce parce que nous aimons le beau sexe ? Il nous aurait découpés en morceaux, oui !

— N'empêche, reprit Jeremy. Je sais bien que tu as raison. Mais ce gros type empêtré dans son uniforme d'emprunt me faisait pitié. Et cette Clara Petacci... Pourquoi l'abattre elle aussi ?

— Pitié, vraiment ? D'accord, Mussolini n'est pas Hitler, il n'a pas choisi la « solution finale », comme disent ces salopards, mais c'est juste parce qu'il n'a pas osé. Tu le plains parce que quelque part, de l'autre côté des Alpes, réside encore le Mal absolu.

— Plus pour longtemps, dit calmement Jeremy. Les Alliés sont aux portes de Berlin. Demain ou après-demain.

— À propos, le coupa Ben, et la brigade juive ?

Les Juifs de Palestine avaient finalement obtenu des autorités britanniques le droit de constituer un régiment autonome, auquel seraient libres de se joindre tous les Juifs des corps d'armée alliés. Ils combattaient et défilaient sous leurs propres couleurs, bleues et blanches, encadrant l'étoile de David. Et ils participaient, eux aussi, à la libération de l'Allemagne – allant d'un camp de prisonniers à un camp de concentration, d'un camp de concentration à un camp d'extermination.

— J'ai fait la demande à mes supérieurs, soupira Jeremy.

— Moi aussi, avoua Ben.

— Et alors ?

— Refus total. Sans justification. Nous sommes trop... précieux pour nous laisser divaguer dans la nature.

Les pigeons étaient revenus sur la place. On peut tirer autant de coups de canon que l'on veut, bombarder une ville jusqu'aux caves – et Milan n'avait pas été épargnée –, les pigeons reviennent toujours.

— C'est abominable, les nouvelles qui arrivent des camps, dit Ben.

Quelque chose dans sa voix s'était cassé. Jeremy ne répondit pas. Que répondre ?

— Rien qu'à Auschwitz, ils exterminaient jusqu'à six mille personnes par jour, reprit le fils d'Andreï Parocki. Des femmes et des enfants. Des vieillards.

Il éleva soudain la voix.

— Bon sang, qu'est-ce qui leur est arrivé, en Europe ? Les Allemands ! Il y avait au kibboutz des Juifs venus après 14-18 qui avaient encore des larmes dans la voix quand ils parlaient de l'Allemagne, de la culture allemande, de la langue allemande. Culture de mort ! Et les autres démocraties occidentales ! Est-ce qu'elles vont prétexter l'ignorance ?

— Je vais te dire ce qui va se passer, dit froidement Jeremy. Ils vont monter quelques procès à grand spectacle, et juger des Allemands. Rien que des Allemands. Et pas beaucoup. Les affaires sont les affaires.

— S'ils avaient voulu... quand Hitler a parlé d'expulser les Juifs, dans les années trente... ces « démocraties » auraient pu les accueillir !

— C'est tout le contraire qui s'est passé, expliqua Jeremy. Les Anglais en avaient par-dessus la tête. Je crois qu'ils ne sont pas antisémites par vocation : mais ils sont tellement hermétiques à tout ce qui n'est pas « pure british » ! Et les Américains ! Mes « compatriotes » ! Ils ont donné des ordres pour ne plus dispenser de visas aux Juifs qui tentaient de fuir l'Europe dès 1939. Un consul qui a enfreint les ordres et sauvé des milliers de nos coreligionnaires, à Marseille, s'est sérieusement fait taper sur les doigts. Les Juifs européens passaient pour pro-communistes. Les ordres venaient de Hoover en personne ! N'oublie pas qu'il a viré Charlie Chaplin sous le motif : pro-communiste ! Charlot !

— Nous n'existons pas, constata Ben d'une voix sinistre. Nous sommes des errants, des hommes sans patrie, qui n'ont pas même eu une voix pour les défendre à la Société des Nations. La Nuit de Cristal ? Connais pas !

— Ça va changer, dit Jeremy.

— Oh oui, ça va changer ! D'abord, nous avons une terre, et dans un an ou deux, nous aurons un pays. Les Anglais ne sont pas en état de tenir la Palestine. Même s'ils désirent ménager les Arabes... Et les Américains poussent à la roue pour que les rescapés de tous les camps de cette guerre aillent en Israël, plutôt que chez eux !

— Et puis, ils ont des armes, à présent ! nota Jeremy en souriant.

Il y eut un déplacement d'air, et quelque chose s'interposa entre eux et le chaud soleil de printemps. Avec un accord parfait, Ben et Jeremy levèrent les yeux.

Deux M.P. étaient debout devant eux. Quand ils croisèrent le regard des deux nouveaux capitaines, les soldats rectifièrent la position.

— Excusez-nous, capitaine, dit l'un d'eux en s'adressant à Ben. Le major souhaite vous voir. Immédiatement.

Il s'inclina vers Jeremy.

— Il a pensé que le capitaine Jackson serait avec vous, ajouta-t-il. Et il le prie instamment de se joindre à vous.

— Qu'est-ce que c'est encore que cette histoire ? grommela Jeremy. Je n'ai d'ordres à recevoir que de mes supérieurs.

— Excusez-moi, mon capitaine, bafouilla le soldat, mais le major m'a demandé d'insister.

— C'est bon, soupira Jeremy. Allons voir...

Il ne convenait pas à sa fonction d'interroger un M.P. qui ne faisait qu'obéir aux ordres. Et il aurait, de surcroît, été inutile de le faire.

— Le Premier ministre veut vous voir, jeta le major tout de go. Et tout de suite. Tous les deux. (Il se tourna vers Jeremy.) J'ai l'ordre écrit de votre colonel, qui vous met momentanément sous mes ordres, ajouta-t-il. (Sa voix baissa d'un ton, comme s'il avait peur que les murs aient des oreilles.) Churchill veut vous rencontrer. Il souhaite aussi que vous lui portiez vous-même les documents que vous avez récupérés auprès du Duce.

Il tendit à Ben une mallette de cuir fauve, à la poignée de laquelle pendaient des menottes. En même temps, il tendait une courte clef plate à Jeremy.

— C'est à peine vraisemblable, objecta Ben, en se saisissant tout de même de la mallette.

— Je le sais foutrement bien, capitaine ! explosa le major. Croyez-vous que j'aie du temps, de l'énergie et des avions à revendre pour organiser un transport particulier de deux pékins sur Londres ? Croyez-vous que la RAF n'a pas d'autres chats à fouetter ? Est-ce que par hasard vous vous imaginez que la guerre est finie ?

Il passa lui-même le cercle de métal autour du poignet de Ben.

— Ce ne sera pas commode pour pisser, grinça-t-il. Mais vous serez dans une heure à l'aéroport militaire. Mon chauffeur est prévenu. Il vous attend.

Un D.C.-3 les attendait effectivement. Les moteurs tournaient au ralenti. Le pilote les salua de la tête, en se retournant à demi, et un officier de liaison, monté à bord avec eux (« Pour vérifier que nous partons bien ? » se demanda Ben, toujours soupçonneux), les installa sur les deux seuls sièges remontés à la va-vite dans la carlingue vide.

— L'appareil doit être spécialisé dans le transport de troupes, observa Jeremy en montrant du doigt à Ben le banc de bois qui courait de part et d'autre. Ils n'ont installé les sièges que pour nous.

— Traitement de V.I.P., conclut Ben. Ou alors, enterrement de première classe.

— Nous ne sommes pas encore morts, objecta Jeremy en riant.

— Pouvez-vous attacher vos ceintures ? demanda une voix nasillarde dans le haut-parleur. Nous décollons !

— Je ne sais pas où il a fait ses études, ricana Jeremy, mais ce n'était pas à Oxford !

— Toute cette histoire ne me plaît pas, grommela Ben. Non, rien ne me plaît.

— Qu'est-ce qui te chagrine, cette fois ? Tu n'es pas bien installé ? On ne t'a pas servi ton whisky préféré ?

Le fait est que le confort était plutôt spartiate. « Cinq heures de vol », avait annoncé le pilote.

— Ça tombe, un avion, soupira le jeune Israélien.

— Ouais... Tu crois qu'ils auraient monté une mise en scène pareille pour se débarrasser de nous ? Allons donc ! Pas dans un appareil neuf !

— C'est mon baptême de l'air, avoua Ben. Et je ne suis même pas à moitié rassuré !

— Comment ça ? Tu t'es débrouillé pour traverser cette guerre sans jamais avoir à prendre l'avion ?

— J'avais promis à ma mère, avoua Ben, l'air un peu penaud.

— Et ta sœur ? objecta Jeremy. Elle avait aussi juré de ne pas prendre l'avion, avant de se faire parachuter au-dessus de la Sicile ?

« Ne t'en fais pas, conclut-il philosophiquement. Je suis venu d'Amérique dans un D.C.-3. J'y suis retourné, en perm', l'année dernière. Tiens, faudra que j'écrive à mon père. Ça ne tombe pas, cet avion. C'est le fleuron de l'industrie américaine.

Quelque part au-dessus de la France, le pilote annonça que « selon toute vraisemblance, ils entraient dans un grain, et des perturbations étaient à craindre... ».

En fait, l'avion se mit à faire du yo-yo – et avec l'avion, l'estomac de Ben. On aurait pu penser que le lourd bimoteur était entré dans le tambour d'une gigantesque machine à laver. La pluie frappait les hublots en rafales rageuses. Le vent appuyait sur la carlingue, à faire plier le métal. Les moteurs avaient des ratés, des à-coups franchement inquiétants.

— Le fleuron de l'industrie américaine, hein ? gémit Ben.

Les nuages se déchirèrent à l'approche de la Manche, et, quand l'appareil entama sa descente, les deux amis se bousculèrent au hublot pour apercevoir les blanches falaises de Douvres. L'incident était clos. Ainsi va la jeunesse – vers l'avant.

L'avion survola ce champ de ruines qui avait été Londres, d'où émergeaient, comme des reliques d'un passé très ancien, la Tour fameuse qui domine la Tamise, et le Palais royal.

— Regarde, plaisanta Jeremy en montrant un clocher à son ami, Big Ben !

— Très drôle ! grinça l'autre. Celle-là, on ne me l'avait jamais faite !

Une conduite intérieure noire, remarquablement discrète, les attendait tous deux sur le tarmac de l'aéroport. « Capitaines Parocki et Jackson ? Le Premier ministre vous attend », leur lança un militaire en grande tenue.

Malgré le printemps, il avait neigé sur Londres la veille et le temps était encore maussade. Les roues de la voiture soulevaient de grandes gerbes de boue qui éclaboussaient les rares passants. Ils traversèrent ainsi sous les malédictions la ville dévastée par les raids des V1 et des V2 de Von Braun. « Savez-vous, dit le chauffeur, que la reine a absolument refusé de quitter la capitale ? »

Ils arrivèrent dans la petite rue, sans surveillance particulière, où logeaient traditionnellement les Premiers ministres anglais. La porte bleue s'ouvrit comme par magie, et ils furent introduits dans une antichambre surchauffée par un chambellan cérémonieux. Ils enlevaient à peine leurs casquettes quand une voix bourrue, légèrement ironique, les fit se retourner.

— Ah, voilà mes deux héros, hein !

Ils se retournèrent comme un seul homme. Churchill était vêtu d'une sorte de robe de chambre dans le tissu duquel on aurait pu tailler des costumes pour cinq hommes ordinaires. Mais ce ne fut pas ce détail pittoresque qui émut Ben ; ce qui frappait, chez Churchill, c'était le regard. Un regard effroyablement intelligent, le regard d'une tortue patiente, millénaire, dissimulé sous les replis de graisse de ce visage tout en cascades. Il se tourna vers le majordome impassible. « Laissez-nous, James. » Il regarda les deux nouveaux arrivants et tendit la main.

— C'est... l'objet ? demanda-t-il en montrant la serviette toujours enchaînée au poignet de Ben.

Jeremy s'empressa de sortir la petite clef et de désentraver son ami. Churchill saisit le porte-documents, l'ouvrit d'une main rapide, et en tira les quelques feuillets pour lesquels Ben et Jeremy avaient vendu la peau du Duce.

— Qui a lu ça, à part vous ? s'inquiéta le Premier ministre.

— Personne, monsieur, dit Jeremy. Pas même les Services de renseignements militaires. Le major à qui nous avons rendu compte de notre mission a glissé les documents de la serviette du Duce dans celle-ci sans les lire. En les tenant du bout des doigts, je dois dire. Comme s'ils allaient lui exploser au visage.

Churchill éclata de rire. Et c'était quelque chose, le rire de Churchill ! Un événement tellurique, qui agitait des masses montagneuses, et se répercutait sur ce ventre énorme que le nœud de la robe de chambre propulsait encore en avant.

— Le pauvre homme ! Bah, c'était un léger faux pas, qu'il fallait bien réparer, n'est-ce pas ? (Il les regarda avec ses yeux de chat replet.) Et le Duce a payé de sa vie ces petits torchons ? s'enquit-il comme s'il demandait le temps qu'il faisait, tout en agitant dans sa pogne énorme les feuilles couvertes de son écriture. « Le pauvre homme ! » répéta-t-il, sans que l'on sache s'il pensait encore au malheureux major écrasé par les responsabilités, ou au dictateur acculé à une fin si pitoyable.

Il alla à la cheminée, où un feu de tourbe brûlait au ralenti, et réduisit les feuillets en cendres. Puis il se retourna vers les deux hommes.

— Lequel de vous deux est le capitaine Parocki ? s'enquit-il.

Ben comprit que l'on changeait de sujet. Après tout, ils n'avaient peut-être pas fait tout ce voyage pour livrer le courrier.

— C'est moi, monsieur le Premier...

— Ah, c'est bien ! le coupa Churchill. Un Juif de Palestine, n'est-ce pas ?

Ben acquiesça. « Je suis le fils d'un pionnier de la première génération », dit-il fièrement.

— Oui, oui, on me l'a dit. (Ses yeux se plissèrent encore, au risque de disparaître derrière les lourdes paupières.) On m'a dit aussi certaines choses sur vous, capitaine. Sur votre goût des voyages en mer.

Il vit Ben se décontenancer. Il leva la main.

— La victoire amnistie, dit-il. Et je peux vous le dire, la victoire a été acquise ce matin. Oui, ce matin, 8 mai 1945, les derniers résistants de Berlin ont signé une capitulation sans condition.

— Et... Hitler ? demanda Jeremy.

— Il semble bien qu'il soit mort, à ce que l'on m'a rapporté. Restera à juger des comparses. C'est aussi bien, ajouta-t-il après un temps de réflexion. C'est comme pour le Duce. Il n'est pas mauvais, dit-il avec un geste significatif en direction de la cheminée, que les secrets d'État meurent avec les chefs d'État.

Il reprit son souffle. Les regarda tous deux avec cet

éternel sourire qui était plus qu'un masque – une manière d'aborder la vie.

— Comment vous remercier, capitaine ?

Ben répliqua du tac au tac.

— Je ne demande rien pour moi, dit-il. Mais pour mon peuple...

— Oh, les brigades juives se sont bien battues, lança le Premier ministre. Elles vont revenir au pays avec un entraînement remarquable. Ce sont les pauvres Anglais qui vont souffrir !

Ben et Jeremy échangèrent un rapide coup d'œil. Sidérés.

— Mais ce sera l'affaire de mon successeur, dit-il. Pas la mienne. Je dirais même : ce sera bien amusant de voir mon successeur travailliste empêtré dans les sables du Moyen-Orient. L'Empire va s'effriter, j'en ai peur.

Il respira lourdement.

— C'est ainsi, capitaine Parocki. C'est ainsi que va l'Histoire. Des empires s'écroulent, des nations naissent. Les alliés d'hier sont les ennemis de demain.

— Monsieur, osa Ben, c'est pour nous ou pour les Arabes que vous dites cela ?

Churchill, à nouveau, se mit à rire.

— Dans l'immédiat – et nous en resterons, si vous le voulez bien, à l'histoire immédiate –, je dis cela pour nos "amis" russes. J'ai vu Staline, en février dernier. Un drôle de lascar, celui-là. Pire que moi.

Il baissa la voix, comme s'il lançait une confidence.

— Vous pouvez compter sur lui pour enrichir la population de votre désert, capitaine. Il va se débarrasser de ses Juifs. Par des méthodes moins sanglantes, mais tout aussi expéditives qu'Hitler. C'est à cause de lui, en fait, que les troupes britanniques vous dispute-ront la Palestine, capitaine. Même pas à cause des Ara-bes, voyez-vous. C'est un échiquier, un gigantesque échiquier. Et mon successeur à ce poste aura à cœur de ne pas perdre trop de pièces trop vite.

Il alla vers ses hôtes, et leur tendit la main.

— Mais il y a les promesses de 1917, n'est-ce pas, capitaine Parocki ! La déclaration Balfour ! Quelle supercherie ! Savez-vous que je faisais déjà la guerre à cette époque, capitaine ? Oui... Il va bien falloir tenir en pleurant ce que l'on a promis en riant...

Il secoua énergiquement la main de Ben, puis celle de Jeremy.

— Américain, hein ? lança-t-il à ce dernier. Vous avez le « shake-hand » énergique...

Il les raccompagna jusqu'à la porte de la maison. Tous trois passèrent devant le majordome immobile, que l'on eût cru taillé dans le marbre.

— Rentrez bien dans vos foyers, jeunes gens. L'ave-nir vous appartient. Et merci pour tout.

Ben et Jeremy se retrouvèrent jetés à la rue comme si rien ne s'était passé – comme si cette entrevue avait été un rêve. Le temps se mettait lentement au beau. Les ruines de Londres se découpaient à présent dans un ciel presque pur. La neige encore accrochée aux amas de pierres fondait à toute allure.

Ils gagnèrent le centre même de la City. Des cortèges se formaient, des cris résonnaient, les Anglais, mis au courant, fêtaient la victoire. Ben pensa au dicton juif : « Toujours battu, jamais vaincu ! » Les Anglais aussi étaient de cette race. Ils avaient refusé de se plier aux diktats du Führer. Ils s'étaient accrochés à leur bout de terre comme des naufragés. Et, en définitive, ils avaient triomphé. « Est-ce un présage ? » se demanda-t-il.

— Qu'est-ce que tu ressens ? demanda à brûle-pourpoint Jeremy.

— Tu veux dire... la victoire ?

Il haussa les épaules.

— Amère victoire. Tu sais ce que l'on dit ? « Mort, où est ta victoire ? » De combien de morts avons-nous payé cette victoire, Jeremy ? De combien de millions de morts ? Combien de millions de Juifs ?

Ils allaient, par les rues dévastées, au milieu des cris de joie. Par endroits, des ouvriers, tout en fêtant la victoire, s'occupaient déjà à relever la ville de ses ruines. On avait déjà déblayé les rues. Des tas de pierres et de briques s'amoncelaient à la place de ce qui avait été des maisons. La vie reprenait.

— Oui, reprit Ben, cette victoire valait-elle de telles souffrances ?

— Je vais te dire une bonne chose, avança Jeremy. (Il paraissait curieusement peu sûr de lui. Jeremy était un homme d'action plus qu'un idéologue, et il ne s'avançait qu'avec précaution sur le terrain des idées.) Les Alliés ont refusé de bombarder les voies de chemin de fer qui menaient aux camps d'extermination, refusé de bombarder les usines qui fabriquaient des gaz mortels. Avant la guerre, ils ont refusé, pour la plupart, d'accueillir les Juifs persécutés qui tentaient de fuir l'Allemagne. Ils nous ont sacrifiés à des considérations stratégiques... Et maintenant, à nous de leur présenter l'addition. Ces millions de morts, ces millions de pauvres gens humiliés, torturés, gazés, c'est une dette énorme que l'Occident a contractée à notre égard.

— Oui, je comprends, dit Ben. (Il baissa la voix, il semblait presque gêné par les implications de ce qu'il allait dire.) L'indépendance d'Israël est incluse dans le paiement de la dette, constata-t-il. Je pense que c'est ce que Churchill a sous-entendu, tout à l'heure. Les Anglais vont gesticuler, mais le monde entier conclura que nous avons droit à un foyer national. Nous avons les mains libres pour le prochain demi-siècle. C'est abominable à dire, mais cet holocauste sera notre drapeau, un drapeau insoutenable, qui balaiera toutes les objections.

— Sur ces fortes paroles, dit Jeremy, allons prendre un verre. Les pubs viennent de rouvrir, malgré l'heure. Viens, on va fêter la victoire – et toutes les victoires à venir.

Les pintes de bière succédaient aux pintes. Leurs beaux uniformes de vainqueurs leur avaient valu, à tous deux, d'innombrables accolades, et une multitude de coups à boire offerts les uns après les autres.

Quand ils regagnèrent l'hôtel qu'on leur avait assigné pour résidence, il était tard. Les rues brillaient toujours des feux de la fête.

— À propos, dit Jeremy, tu as des nouvelles de ta sœur ?

Ben se mit à rire. Il savait bien, lui, l'amoureux volage, l'homme de toutes les filles, que son ami avait été pincé par Myriam, sans que la jeune fille y ait mis le moins du monde du sien, quand il l'avait rencontrée pour la première fois, en Sicile – et en tenue de parachutiste, encore ! pas ce qu'il y a de plus seyant !

— Elle t'attend, répondit-il. Elle t'attend.

Jeremy trébucha sur une brique oubliée sur le trot-
toir, et se rattrapa au bras de son ami.

— Moi aussi, balbutia-t-il, moi aussi j'ai une sœur.
Elle est jolie, tu sais. Tu devrais passer à New York un
de ces jours. Je te la présenterai.

Épilogue

Lucky Luciano, dans sa résidence de Great Meadows, fêtait lui aussi la victoire. Les millions de morts, dans son esprit de Sicilien madré, n'étaient morts que pour lui permettre, à lui, le « capo di tutti capi », de fêter par anticipation sa libération prochaine. Ah ! Le juge Mc Cook avait cru pouvoir l'envoyer à l'ombre pour le prochain demi-siècle ! Ah ! On lui avait infligé la plus lourde condamnation pour proxénétisme jamais prononcée en Amérique ! Eh bien ! Il leur avait fait voir !

Les verres s'entrechoquèrent. Le Parrain avait eu la permission exceptionnelle de réunir autour de lui tous ses amis, depuis les petits malfrats siciliens qui avaient tenu la boutique en son absence jusqu'à ces gros avocats plus ou moins marrons qui s'étaient entremis pour hâter sa libération. Costello, Adonis, Lansky, Anastasia, tous les copains étaient là. Sauf Alberto Jackson. Celui-là devait déjà penser à l'après-Luciano. Finies, pour lui, les opérations qui ne seraient pas cent pour cent « casher » ! Mais il lui avait fait passer un message de félicitations...

Il se rengorgea. N'avait-il pas tenu sa parole ? Plus aucun bateau n'avait été coulé dans le port de

New York. Aucune équipe de saboteurs n'avait eu l'occasion d'entraver l'effort de guerre américain. Le débarquement de Sicile avait été un succès. Don Carlo avait admirablement pris le relais. Tiens, il faudrait aller le voir, dès qu'il remettrait les pieds en Italie. « Il paraît qu'il a une fille sublimement belle », pensa le truand.

Il caressa d'une main distraite la cuisse fort dénudée de l'une des deux filles à demi assises sur les accoudoirs de son large fauteuil. Des « cadeaux » que l'administration pénitentiaire, obéissant aux ordres du « gouverneur » Dewey, avait laissé pénétrer – à son corps défendant.

Dewey ! Encore un de ses débiteurs ! Il cligna de l'œil en direction de Johnny Cohen, qui participait à la liesse générale. Anastasia l'apostropha : « Lucky, tu te rappelles la prohibition ? Si on nous avait dit qu'un jour, on sablerait le champagne avec la bénédiction de l'État ! » Lucky sourit. La prison, ce serait bientôt fini. Allons ! Tout compte fait, ce serait presque un joyeux souvenir, pour ses vieux jours.

Il se tourna vers Lansky. « Meyer, j'ai des tonnes de projets pour nous... Moi en Italie, toi ici... Si ces Ritals croient que j'hésiterai un instant à m'associer avec un Juif ! » Lansky lui aussi leva son verre. Mais ses pensées sortaient de la geôle étroite, de ce milieu interlope où Luciano aurait bien voulu le confiner. Il avait toujours su garder le nez propre, lui, Lansky. Il avait un fils qu'il destinait à West Point. C'était comme Alberto. Il avait bien raison, celui-là ! Son fils, capitaine de l'armée américaine, héros bientôt célébré comme tous ces héros qui allaient rentrer !

« Ainsi évoluent les générations », se dit-il, tout en sirotant son champagne. La première va au charbon, la seconde récolte les fruits de la sueur et du sang des pères.

Table

Composition réalisée par PCA

Achevé d'imprimer en octobre 2006 en Espagne par
LIBERDÚPLEX
Sant Llorenç d'Hortons (08791)
N° d'éditeur : 76380
Dépôt légal 1re publication : octobre 2006
LIBRAIRIE GÉNÉRALE FRANÇAISE – 31, rue de Fleurus – 75278 Paris cedex 06

31/5529/8